Os Anjos de BADARÓ

COMÉDIA POLICIAL

OBJETIVA

As fichas e os comentários sobre os anjos foram escritos por Antonio Prata

MARIO PRATA

Os Anjos de Badaró

Comédia Policial

OBJETIVA

Todos os direitos desta edição reservados à
EDITORA OBJETIVA LTDA., rua Cosme Velho, 103
Rio de Janeiro – RJ – CEP: 22241-090
Tel.: (21) 556-7824 – Fax: (21) 556-3322
www.objetiva.com.br

Capa
João Baptista da Costa Aguiar

Revisão
Umberto Figueiredo
Tereza da Rocha

Editoração Eletrônica
Abreu's System Ltda.

Este livro foi escrito pela Internet graças a uma ferramenta criada pela TV1.com

As citações em latim utilizadas neste livro foram extraídas de ***Máximas Latinas***, de Raulino Busarello.

sumário

para os meus anjos da guarda:
adalberto m. muniz (absurdos)
alberto carmo (beto penta)
ana carolina steinhouser (carol)
ana cristina geraldini (krika)
ana mary lebeda fernández (ana mary)
andréia jayme de o. p. paniago (dorminhoca)
ângela ingrid burry de souza (a ingrid)
anna christina saeta de aguiar (annachris)
bee scott (beezinha)
camille
catarina ferraz (carmina burana)
celso rab lage (celso portuga)
cínthya di paula (thiá)
cristiane casquet de souza (christie angel)
daniel motta mello (badaró)
daniela miriam guerra martinez (babizinha)
dóris regina teixeira (dorica)
edison eduardo costa (leozinho)
elaine brunialti (miss triosa)
fabíola mendonça da silva (dra_bia)
fernando hajnal (tom cruise)
flávia cintra evangelista (frau)
flávia penedo (flavinha)
isa verospi (isa)
juliana azevedo (sputnik)
juliana stuginski barbosa (brisa adora areia)
larissa schons (larissa)
lenir nunes de vivo (beth)
luciana albuquerque dos santos (hello kitty)
luciana franzolin (lubru)
lucimeire m. a. naraki (lucillle)
luiz carlos de souza (cyrano)
luiz cavallini júnior (luiz)
marcela guimarães santos (marcela)
márcia luz (sunny márcia)
maria adriana rezende (marina w)
maria franco de souza penariol (vó maria)
maria helena viciariuc chagas (lena)
maria olinda cremasco beraldo (little mary)
michaelle bonelli da silva (catarina)
miriam lessa junqueira (miriam)
mônica yano (mônica)

pedro paulo pereira feitosa (aquele)
priscila de oliveira pinto (eupris)
rafael gonzales (suicida)
raul albuquerque (raul)
ricardo lagarano (clooney)
rita de cássia caetano (kika)
rosimeire lilian silvestre luna (liliquinha)
sandro glasenapp moraes (sandro)
sofia paula pires (sofia)
sônia christina de moreschi perucci miranda (hera)
thiago pellegrino de miranda (gato felix)
tiago fabris rendelli (lord byron)
viviane alberto de oliveira (barbie)
wallace f. s. fauth (fauth)

um

badaró: seus negócios cobriam todo o Mercosul
capella: ficou por ali, como quem fica em velório

Do hall já se ouvia. Não havia dúvidas. O Badaró estava chorando. O Badaró estava aos prantos. Deitado no chão, entre umas almofadas, de pijamas. Aquele marronzinho, que ele detestava, do suicídio do Getúlio. Soluçava, balançava o corpo. O rosto todo molhado de lágrimas.

— O que foi? O que é isso? Quem morreu?

Elyza se ajoelhou e abraçou Badaró. Elyza nunca havia visto o namorado naquele estado. Badaró não conseguia dizer nada. Arfava. Apenas apontava para a tela da televisão, com a mão um pouco trêmula. Apontava como se indicasse alguma coisa na tela.

Mas não havia nada na tela. Estava preta. Ouvia-se apenas o barulho de uma fita de vídeo sendo rebobinada. Chegando ao seu fim, já assoviando.

— O que foi? O que foi?

Com dificuldades, a única coisa que saiu foi:

— Anna. Anna, com dois enes. Igual você. Americana. Em Londres.

— O quê? Você bebeu, Badá? Fumo? O que aconteceu? Me diz, fala!

— Anna... Você viu um filme, Um Lugar Chamado Notting Hill*?*

— Aquele filme? Com a Julia Roberts? Não... Mas o que tem uma coisa a ver com a...

Ele chorava, ela pegou a caixa do vídeo.

— Anna, lembra da cena do bar?

— Badaró, pelo amor de Deus, eu não estou entendendo nada. Já te disse que não vi o filme. Sei que havia uma livraria. Ela era uma atriz, não é isso? Você está chorando por causa do filme?

Deu uma pausa.

— Badá, você não está bem! Eu não posso acreditar que você está nessa choradeira aí por causa do filme da Julia Roberts.

— Quando eles falam, os caras na mesa do lado, no bar, os dois estão atrás de uma parede, estão falando dela, da atriz que é a Anna Scott...

— Você está chorando por causa do filme? Não acredito, Badá!

— No bar tem um bando de ingleses de pau pequeno. Eles falam que atriz e puta é tudo igual.

Elyza tira a fita rebobinada do aparelho e coloca na caixa. "Delicioso... Divertido, meigo, charmoso e envolvente."

— Badá, me explica: você está chorando por causa disso aqui?

— É, Elyza, é. Nunca me viu chorar, não?

— Não.

— Puta e atriz. Anna e Elyza. Você não entende? Puta e atriz. No fim eles ficam juntos. Os dois criam coragem.

— Badá, isso, de puta e atriz... Você está me fazendo um elogio ou...

— Você não está entendendo, Anna?

— E pára de me chamar de Anna. Há muito tempo não sou mais Anna Argentina. Aliás, graças a você. Já disse, não vi esse filme. Me conta.

Badaró tenta se recompor. Pega o vídeo.

— Eu sou um babaca, Elyza. Eu sou um babaca!

Recomeçou a chorar.

— Conta, me conta o filme, se isso te fizer bem.

Badaró pega uma toalha, limpando o rosto.

— É como se o filho da puta que escreveu esse filme tivesse escrito a história para mim. Para nós dois. Para eu assistir o filme, começar a chorar e você entrar. Está me entendendo?

— Não.

— Você não consegue entender, Elyza — ou Anna (com dois enes, como você) —, não está conseguindo entender que eu descobri, que eu descobri, Elyza, que, pela primeira vez, depois de muitos, muitos anos... Eu... eu te... Porra, Elyza!, você não enxerga.

— Mas eu não vi o filme.

— O filme somos nós. Porra, vê se se manca, Elyza. Eu estou chorando é porque eu te amo. Quer que eu abra a janela, que eu grite?

Fica apontando a tela.

— My Fair Lady em Notting Hill. Eu te quero. Eu te quero.

Elyza começou a rir.

— Mas precisa fazer esse estardalhaço todo pra me dizer isso? Eu sempre soube disso. Você que nunca assumiu.

Ele fica sério.

— Não vem, não. Se eu, que sou eu, só fiquei sabendo disso agora, como é que você sabia? Como é que você sabia antes de mim?

Um jogo de pernas e ela jogou o sapato longe e, com a ponta dos pés, empurrou Badaró para trás. E caiu, lubruzando-se em cima dele:

— Porque desde o dia que eu te vi pela primeira vez, eu pensei: isso vai dar cagada. Trinta anos de diferença...

Ele a interrompe.

— Foi essa palavra mesmo que você pensou? Cagada? Você usou a palavra cagada quando pensou que ia dar cagada?

Ela cai de boca, literalmente.

— Meu Deus, eu nunca vi duas pessoas declararem amor com tanta cagada no meio.

— Mas é isso o filme. Assim que um olha pra cara do outro, não tem legenda, mas eu sei que os dois pensaram: isso vai dar cagada!

Tirando a camiseta dele:

— Que puta cagada, hein?

Foi nesse dia que o Badaró resolveu alugar um apartamento para a Anna. Ou para a Elyza. E assumir.

Não poderia haver mais colina nenhuma entre os dois.

Elyza lia na capa do vídeo:

"Pode a estrela mais famosa do mundo se apaixonar por um homem comum?"

E lê mais ainda:

"Um dia, por uma chance de um em um milhão, a atriz mais famosa do mundo (Anna) entra em sua loja."

— Sabe por que eu gosto de você, te amo? Porque você é absurdamente louco. Parece que tem 14 anos.

Pouco restou do rosto de Ozanan Badaró. De nada adiantou o império construído com seus anjos. Eram seis horas da tarde quando Badaró teria apertado o gatilho com o cano da arma dentro de sua boca. A hora da Ave-Maria.

Bogart se sentiria em casa. A sala do Dragão era exatamente como você imaginaria o local de trabalho do chefe geral de um jornal policial meio capenga.

O Dragão olhava nos olhos de Alcides Capella, um jornalista policial da mesma idade de Badaró. E mais, com o mesmo passado, vivido intensamente numa pequena cidade do interior de São Paulo. Albuquerque.

Ele havia pedido uma matéria ao velho jornalista. Sabia das relações entre o suicida e o jornalista. Capella não olhava nos olhos do chefe. Capella estava exausto, abatido. Meio torto, como ficava numa situação como aquela. Uma situação delicada.

— Não, não posso. Você tem que compreender.

O Dragão olhando para ele. O Dragão não tinha sentimentos. Queria a matéria. Atrás dele um relógio tão velho quanto a velha redação. De corda. Capella achava que o chefe ia compreender. Ele precisava saber que o Capella não estava em condições de escrever sobre a morte do amigo milionário. E também sabia que a notícia era quente.

— É uma amizade de mais de 50 anos.

— Era. Talvez dê chamada na primeira página. Afinal, não é a primeira vez que este seu amigo é notícia de jornal.

Capella sabia a que assunto o chefe estava se referindo. Preferiu ficar calado.

Ele se levantou e foi até a janela. Redator-chefe adora ir até a janela quando conversa com repórter.

— Mas foi suicídio mesmo?

— Quanto a isso, parece não haver nenhuma dúvida. Deixou carta. Tiro na boca. Um estrago danado. Devia estar mesmo desesperado.

Dragão acendeu um cigarro. Capella nunca conseguiu saber onde é que ele conseguia aquele Continental sem filtro.

— Tudo bem, o Nestor faz o perfil dele. Que horas que é o enterro?

Quando Capella estava saindo, já se dirigindo para o elevador, o Gatão o segurou pelo braço.

Para Capella, o Gatão era algo incompreensível. Cabeça raspada, com a pequena penugem pintada de rosa. Piercing. Anéis em dedos não convencionais. Unhas verdes cintilantes. E o corpo todo — pelo menos a parte que dava para ver — tatuado. Havia uma cobra que saía do dedo mindinho, atravessava a mão, subia por todo o braço — e não era em linha reta —, dava uma voltinha pelo pescoço e descia peito abaixo e sabe-se lá onde ia morder. Tudo isso fora a rala barba de um color simplesmente indescritível.

Gatão era, aos 30 anos, o homem dos computadores no jornal. Sabia de tudo. Um gênio. E ganhava bem mais que o Capella que tinha 40 anos de porta de delegacia.

E quem havia arrumado aquele emprego para o Gatão, era ele mesmo, o Capella. A pedido do Badaró.

Alisando a rala barba:

— E aí? E as aulas?

— Tou fora.

— Mas foi o Dragão que mandou.

— O Dragão quem mandou! Quem! Não é que mandou! É quem!!! Quem, quem, quem! Vê se aprende. Depois a gente se fala. Vou para o velório do Badaró. Me larga. Que coisa. Não consegue falar sem pegar!

O Gatão insistia:

— E o Badaró? Pra quem é que vai ficar toda a grana dele?

— E eu é que sei, Gatão? Qualé, você acha que ele pode ter deixado alguma coisa pra você? Você não vai lá? Afinal...

— Eu gostava muito dele. Não fosse ele, eu não estava aqui. Fora o que ele fez pela minha irmã.

O elevador chegou. Alívio do Capella. Se mandou.

Ozanan Badaró, apesar de ter este nome gordo, redondo, era alto e magro. No final da vida, muito magro. Seus negócios cobriam todo o Mercosul. Dizem. Mantinha vereadores e deputados na palma da mão. Ou nas asas dos seus anjos. Contas no exterior, é claro.

E o Alcides Capella, com esse nome magro, fininho, é meio baixinho, meio gordinho e com entradas entre os cabelos quase totalmente brancos. Uma entrada que já experimentou algumas novidades das novas revoluções capilares. Nenhuma deu muito certo, deixando crateras e escoriações outras na reluzente cabeça.

Ambos com ligações perigosas com a polícia. Badaró, no ramo das meninas de programa. E o Capella, velho jornalista policial, sistemático, avesso a computadores e a qualquer coisa inventada de 1960 pra cá. No meio da redação, sua Remington é martelada em busca de um Prêmio Esso de Jornalismo que nunca havia conseguido.

Era quase meia-noite quando Alcides Capella ficou sabendo da morte do velho e proxeneta amigo Ozanan Badaró.

Capella não tinha amigos. Era cheio de manias e só ele mesmo se agüentava. Só ele e a cândida esposa Cláudia. Ninguém escrevia ou telefonava para o Capella.

E quando o telefone tocou, ele sentiu, enquanto atravessava a sala com poltronas-palito (mas recentemente recapeadas com o décimo terceiro), sentiu que era coisa de morte. A sogra, foi a primeira pessoa em que ele pensou. Ninguém liga numa hora dessa para dizer que alguém nasceu. A velha Blanche devia ter morrido. Ia herdar um terreninho.

— Por favor, o senhor Carlos Alcides...

Quando começa falando o nome inteiro, é bode, o Capella pensou e torceu o nariz. Por favor, o senhor Carlos Alcides... Sujou, pensou. Mas a essa hora? Era o Takashi. O segundo homem do Badaró.

Suicídio. Suicídio, não sei por que, me lembra japonês, passava pela cabeça do Capella.

É meio difícil para o Capella acreditar que o Badaró pudesse fazer aquilo. Mas o Takashi disse que deixou umas coisas para ele. Além de uma carta.

— Que coisas?

Capella tentava assimilar a morte do amigo mas, ao mesmo tempo, pensava nas "coisas". Do terreninho da sogra para as coisas do Badaró, numa fração de segundo. Mas também pensava: não é uma coisa simples, você estar dormindo, toca o telefone e o sujeito vai logo dizendo que um amigo morreu. Pior ainda, se matou.

Mas o Takashi era frio. O Capella nunca gostou dele. E daqueles olhinhos puxados.

No fundo, no fundo, o Capella sabia que a vida do Badaró ia acabar desembocando numa calamidade qualquer. Desde que começaram essas CPIs que o Badaró andava meio arredio, indo muito para Paris.

Não que ele fosse ligado ao tráfico, pensava Capella. E muito menos viciado. Quer dizer, fumava unzinho de vez em quando. E cheirava socialmente, como ele mesmo dizia. Tinha até um canudinho de prata que garantia que havia ganho do Buschetta.

— Que coisas?

Capella, sem saber o que falar, se apegou naquilo. Insistia com o Takashi. Ele agia laconicamente, como se estivesse apenas cumprindo uma obrigação, uma ordem da Naretta.

— Não sei bem. Estão com a Naretta. Te vejo no velório.

E agora o Capella estava ali, sentado na beirada da cama, olhando para a Cláudia.

Capella conheceu aquela bunda ainda pequena. Jamais, naquele tempo, poderia imaginar que ela teria esta propriedade de multiplicação. Olha só, ocupa quase metade da cama. E ai dele se a acordar agora para dizer que o Badaró morreu. Ela vai rosnar e dizer: eu sabia, mais dia, menos dia...

Ela odiava o Badaró. Medo que ele influenciasse o marido. Ou seja, que o presenteasse com algum anjo tocador de clarineta. Como se alguma garota de vinte e poucos anos fosse se interessar por mim, ele dizia nessas ocasiões. Mesmo porque dinheiro ele não tinha mesmo.

Nem para entrar no consórcio do Badaró. O Capella vivia apertado.

Pouca gente no velório do doutor Arnaldo. Gente, tirando os anjos. Anjos maravilhosamente celestiais. Devia ter, quando o Capella chegou, umas 50 garotas de programa. Bonitas. O Badaró sabia escolher suas meninas, seus anjos. E o Capella percebeu que elas deviam mesmo gostar dele. Muitas choravam. O Badaró devia tratar bem aquelas meninas. Algumas pareciam estar no velório do próprio pai.

Uma delas, loira de verdade, olhava o Capella. Capella percebeu. Ficou sem jeito. Era como se ela o conhecesse. Ele tinha certeza. Estava de olho nele.

Capella ficou por ali, como quem fica em velório. Observando o cânter daquelas meninas, imaginando a vida delas, a família. A história de cada uma. Sim, o melhor desse tipo de garota são as histórias, tentava afastar a tristeza pensando nisso. O Badaró ficaria contente de saber que o seu amigo de infância estava ali cobiçando, com os olhos, as suas meninas. Na verdade, como escritor que nunca deu certo, Capella era mais chegado a imaginar a vida de cada um daqueles anjos do que a remota, remotíssima possibilidade de sequer cumprimentar uma delas. Melhor que história de puta só mesmo história de padrasto de puta. Ou todas têm padrasto ou todas mentem. E não se fala mais nisso, pensava Capella. A loira de novo, ao longe, conversando com Naretta.

Tomou um cafezinho e foi para perto do caixão. O caixão comprido, longo, parecia que nunca ia se acabar. Fechado. Sussurrava-se que, da cara do Badaró, pouco ficou. Muitas flores. Velas. Cheiro forte. Aquele cheiro que só tem em velório, uma mistura de vela com flores. Um cheiro murcho.

O Capella chegou com um terno preto que deve ter comprado lá no interior nos anos 60. Fininho, apertado, a calça mais desbotada que o amarfanhado paletó de cinco botões. Não estava à vontade, estava intimidado ali ao lado de tantas garotas bonitas. Ia cumprimentando as moçoilas (é assim que as via) com um leve meneio de cabeça, como se conhecidas fossem.

E o Capella chorou. Chorou ao lado do caixão do velho companheiro de zona do interior. Talvez, naquele momento, estivesse passando pela sua cabeça tudo que eles fizeram (ou deixaram de fazer juntos) no interior.

Foi quando a Naretta chegou por trás e o abraçou. A ele, Capella, católico apostólico romano.

A Naretta. Impossível não olhar para a Naretta. Cabeça, tronco e membros perfeitos. O vão entre os seios. A pequena saliência na blusa definindo bicos de seios. A Naretta excita. Só a presença dela, excita. Mais de um metro e oitenta de puro tesão, lapidada numa vida entre Nova Iorque e Paris. Ex-top model internacional, com aquele corpo ainda exuberante. Era bonita com afinco, aos 36 anos. Ali a beleza se encaixava, se emoldurava. Naretta ainda fazia umas capas de revistas.

A Naretta era — digamos assim — a atual mulher do Badaró. Ele 63, ela 36. Estava toda de preto, como convém.

Agora Naretta leva o Capella para fora da sala. Takashi acompanha os dois com um olhar nada disfarçado. Capella fica vermelho. Deve ter pecado contra o sexto (o da castidade) e o nono (não cobiçar a mulher do próximo) mandamentos numa só abraçada. Que Deus me perdoe e que o Badaró me compreenda.

Vão até uma árvore, ainda seguidos pelo olhar esticado do Takashi.

Naretta limpa o rosto todo besuntado com um lencinho vermelho que combinava divinamente com o resto preto. Acende um cigarro de filtro branco. Está usando um interessante decote que o Capella já sentiu, olhou e, se não é velório e se coragem e talento para isso tivesse, mordia. Colocou o lencinho na bolsa e de lá tirou um envelope. Disse alguma coisa para o jornalista. Ele guardou no bolso interno do paletó.

O Capella disse que voltaria para o enterro.

— Às quatro horas eu volto.

— Eu te trago o pacote.

— Não é preciso, posso pegar outra hora na sua casa. Você continua lá no apê do Badaró?

— Não, eu trago.

— Você sabe o que tem nele? No pacote?

— Não. Talvez aí na carta ele te explique tudo.

Dois respeitosos beijinhos e ele foi saindo. Takashi se aproximou dela. Capella voltou:

— Vai ter inquérito, alguma coisa desse tipo?

Foi o Takashi quem falou:

— Imagina. Ninguém teve dúvida nenhuma. Por que, você pretende fazer alguma matéria? Mexer na ferida?

O Capella sentiu que existia um certo afrontamento no jeito que o Takashi lhe perguntou aquilo. Como se ele estivesse duvidando de alguma coisa. Mais estranho ainda foi que, quando ele já estava quase na rua, a Naretta perguntou:

— Você tem computador?

— Não, por quê?

— Por nada. De tarde a gente volta a se falar. Olha, o Badá tinha o maior respeito por você. Sempre falava em você. Obrigada por ter vindo.

Ela fazia mesmo o papel de viúva.

O bilhete do Badaró que o Capella acabou de tirar do bolso, depois de estacionar numa travessa da Consolação, escrito em computador, impresso em letras azuis:

> Cidão, meu querido amigo,
>
> Sei que você odeia lugar-comum, mas vou começar usando um: quando você ler isso aqui, já estarei morto. Morto de livre e espontânea vontade. Tenho a impressão que o meu rosto não vai ficar muito bonito depois do tiro. Espero que a Naretta escove os meus dentes antes de me colocar no caixão. Mas, meu querido amigo, você não me vê há mais de um ano. Estou um esqueleto andante. Lembra daquele que tinha na sala de aula? Que a gente colocava cigarro na boca? Estou parecendo personagem do Ítalo Calvino. *O Visconde Partido ao Meio*, que você me pegou emprestado e, aliás, não me devolveu.
>
> Você deve estar achando este bilhetinho muito bem-humorado para um sujeito que vai dar um tiro na boca daqui a pouco. E que, a essa

altura, você já viu esticado num caixão.

A Naretta (vou sentir saudades daqueles seios, Cidão. Bicos cor-de-rosa, já viu algum assim? Os dois!), a Naretta, eu dizia, vai te entregar uma caixa com uma porção de disquetes e endereços de sites (eu sei que você não tem a menor idéia do que seja um site, mas vai ter que aprender). Ali está toda a minha vida e a da "organização". Ninguém, veja bem, ninguém pode ter acesso ao material. Tem informações privadas, tem a minha vida toda ali, Cidão.

Ali está tudo explicado. E, se suspeitas forem levantadas sobre a minha morte, você, com seu faro jornalístico, vai descobrir tudo.

É um presente que eu te dou. Estou te dando a minha vida, velho amigo. Com aquele material, você vai poder escrever um livro de verdade. É um autêntico policial. Sei que você já começou a escrever uns dez romances policiais e sempre foram recusados pelas editoras. Mas este, meu amigo, *Os Anjos de Badaró*, duvido que alguém recuse.

Um abraço para a Cláudia, apesar de tudo. Afinal, você sabe, melhor do que eu, que a felicidade não está na bunda das nossas mulheres. Mas na cabeça. Claro que uma boa bunda sempre ajuda.

Leia com atenção os disquetes. Entre nos sites. Estou te dando, repito, a minha vida. E ela vai mudar a sua vida.

dois

badaró: conheceu diana numa overdose de cocaína
capella: sonhou com o anjo loiro

Capella foi para a mesa almoçar com aquilo na cabeça. O texto do amigo morto. Havia ali um certo senso de humor que... Chegou a Cláudia.

— Cláudia, o que é isso?

Ela olhou com a maior calma do mundo para aquele casaco de gabardine bege, imenso como ela, aqueles de detetive americano. Bogart? Lawrence Block?

— Outro dia eu estava na rua, chovendo, entrei num supermercado e comprei. Com um dinheirinho que ganhei no bingo.

— Sei.

Hora de almoço, depois de quase 40 anos de casados.

Cláudia, de boca cheia. Fora os bobs. Pra que bobs? Onde ela pensa que vai? Ela ainda usa bobs.

— Ele devia estar muito rico, né? O Badaró.

O Capella estava distante dali. Embora estivesse, ainda, no Badaró.

— Com certeza. Muito rico.

De boca cheia:

— Será que lá, antes de se matar, ele não pensou nos amigos de Albuquerque?

— Ora, Cláudia, eu não estou preocupado com isso.

— Duvido...

Sim, ele pensava, pra quem ficou tudo?

— Não sei. Não quero falar sobre isso, Cláudia. Você vai ao enterro? Me passa a salada.

Ela pensa, olha para ele, olha pra coxinha. Assada.

— Você acha, Alcides, você acha que eu vou lá me misturar com aquelas vagabundas? Aqueles anjinhos?

Capella detestava discutir com ela. Discutir qualquer coisa, principalmente a relação. Não ia discutir. Não hoje. Queria dedicar o dia ao Badaró.

— A Naretta me disse que ele me deixou uns disquetes.

Ele não deveria ter dito o nome da Naretta.

— O quê? Naretta? Aquela? Disquetes?

— Disquetes, Cláudia, negócio de computador. Talvez eu tenha que comprar um computador. O Gatão está mesmo a fim de me ensinar. Lá na redação...

Capella parou a frase no meio. Chega de papo e comida.

Tirando os pratos. Leva uns, junto. Na cozinha:

— Comprar um computador? Você tá louco, Alcides? Com que dinheiro? O microondas estourado, a geladeira, olha aí, só gelando a parte de baixo, o carro batendo biela e você me vem com uma novidade dessa? Computador? Computador! E você acha, Alcides, que, com a sua idade, você vai conseguir aprender a mexer naquele negócio? Nessa idade?

Ela sabe que ele vem passando por sérios problemas com esse negócio de idade. Quando ele era moleque, um sujeito de 63 era um velho caduco. "Caduco, sim. Velho, não", pensava o velho jornalista.

— Eu aprendo. Compro em dez vezes. Não pode ser tão complicado assim.

— Esquece essa bobagem. Nada de computador. Imagina, nessa idade. Isso é coisa pra menino.

Ele já não estava mais ouvindo o que ela falava. Ele estava pensando no Gatão. Chegou a hora de aturar o Gatão.

"Isso é bem coisa do Badaró. Morrer e me deixar esse pepino na mão. Disquetes! E me deixar dependendo do Gatão..."

— O Badaró disse que eu posso escrever um livro com o material que ele me deixou.

— Esquece isso, Alcides. Quantos livros você já começou e não passou do primeiro capítulo?

Um dia ela haveria de ver. Um dia ainda iria numa noite de autógrafos de Alcides Capella. E posar de mulher do autor. Orgulhosa.

— Romance policial é assim, Cláudia. Só o primeiro capítulo é que é importante. O primeiro e o último. Taí uma boa idéia. Fazer um livro só com o primeiro e o último capítulos. No primeiro você fala do crime. No último, você explica o clima. E estamos conversados. Acho que o Paulo W., lá da editora Top Secret, vai gostar desta minha idéia. Não me deixa esquecer isso, Cláudia.

— Você está louco, meu querido. Olha o café. Mas, voltando ao começo da conversa. Pra quem é que vai ficar a fortuna toda do Badaró? Pras putas?

A pergunta da Cláudia procedia. Capella não sabia avaliar muito bem quanto é que ele possuía. Mas uma vez ele falou até de fazenda no Mato Grosso. Tá certo que ele mentia um pouco, era meio megalomaníaco. Só de carros, cinco. Tudo importado.

— Será que ficou tudo para a Naretta? Ou para o Takashi?

— O quê?

— Nada.

Curiosa, a Cláudia. Interesseira, insistia:

— Será que ele não deixou nada para você?

Capella continuava longe. A sua cabeça havia voltado para o velório. Aquelas meninas todas. Será que o Badaró comia todas elas? Viagra, né?

Ele estava longe. Estava naquela que ele convencionou chamar de Loira do Velório, depois de pensar também em Puta do Necrotério.

O Badaró havia se formado em Medicina em Curitiba, aos 30 anos. Era 1967. Voltou para Albuquerque, como fazia todo bom moço do interior, para achar uma moça de família. Fez mal a uma menina de 15 anos. Casou na marra. E foram morar em Cáceres. Começar a vida, como se dizia naquele tempo. Fazer a vida. O Mato Grosso prometia. Era o futuro, o Eldorado.

E era ginecologista, o Ozanan Badaró. Por sacanagem mesmo.

Mas o prefeito de Cáceres — ex-delegado, que hoje é deputado federal — tornou-se o ginecologista preferido da mulher dele. Entre dar um tiro nos dois e se mudar, Badaró se separou. E veio para São Paulo.

E foi num flat, em Moema, que o Badaró conheceu a Diana.

Um dia — há uns dez anos —, ele estava no apartamento, quando o síndico do prédio foi chamá-lo, todo esbaforido. Uma mulher estava passando mal. Parecia overdose de cocaína. Era o que o seu Braga achava. Badaró nem teve tempo de perguntar como é que o seu Braga poderia ter identificado uma overdose de cocaína. O síndico ficou com medo de chamar um médico. A reputação do flat. A da mulher já não era das melhores.

Explicou a situação ao Badaró. Sabia que ele era médico. Já tinha dado uma receita de Lexotan pra ele.

Foi assim que ele conheceu a Diana. Numa overdose de cocaína.

A Diana, que ele já havia visto em algum elevador. Uma mulher bonita, ali pelos 35 anos. Corriam boatos entre os garçons do último andar — bar e piscina — que ela agenciava meninas. Ali mesmo, no prédio. Talvez sob e sobre o olhar complacente do seu Braga. Boatos de que teria uma rede de garotas de programa. Negócio de luxo, as chamadas universitárias.

Mas o Badaró não estava ligado — naquela época — a menina nenhuma. Curtia a sua dor de corno, ainda. Não a dor de corno em si, que isso passa. Porque o problema do corno não é perder a mulher, ele sabia. O problema é todo mundo saber. Se ninguém desconfia que o cara é corno, tudo bem, ele convive com aquilo, assimila calado. Tem até o seu lado bom, ele não fica mais com aquela obrigação semanal (que já foi diária e caminha para mensal). O sujeito até aceita isso. O duro é andar pela cidade sabendo que todo mundo está olhando para você e dizendo: olha lá o corno! Isso que dói. E manso ainda por cima, porque corno que se preza vai lá e resolve na porrada. Não era bem o caso do Badaró.

O síndico foi comprar a injeção que o Badaró pediu. Ela não ia morrer. Olhou pelo apartamento dela. Copo de uísque. Cheirou: mistura de coca e uísque.

Com a ajuda da camareira, deu um banho frio na Diana.

Badaró gostou de manusear clinicamente aquele corpo desfalecido. Disfarçou da camareira, mas, como se dizia lá em Albuquerque, mesmo com a mulher naquele estado, tirou suas casquinhas. As primeiras, nela. A primeira delas. Lembraria depois deste primeiro momento, quando o corpo dela caiu, cinco anos depois.

Estava nascendo, ali, debaixo da ducha fria, uma boa, longa e quente amizade.

Ozanan Badaró jamais poderia imaginar isso, enquanto tentava secar os longos e negros cabelos de Diana.

O Capella estava se sentindo meio ridículo ali na beira do túmulo do amigo com aquele pacote debaixo do braço. Não parecia ser um amigo de longa data, com aquele embrulho. Parecia um transeunte, um popular que ia passando e parou pra ver o enterro alheio, chorar a dor desconhecida. Ninguém leva presente em enterro.

Os anjos — devia ter mais de 100 — cantavam "Imagine", com um inglês até que razoável. Naretta chorava. Não havia padre por ali. "Onde andará o padre Orlandi", pensou Capella. Imagine, dizia o John Lennon. O Takashi, inesperadamente, resolveu fazer um discurso e, para surpresa geral, citou até Castro Alves: "Deus, ó Deus, onde estás que não respondes, em que mundo, em que estrela tu te escondes, embuçado nos céus? Há dois mil anos te lancei meu grito que, embalde, desde então, corre o infinito?"

O que estaria pensando o velho Badaró lá dentro, sabendo que estava sendo enterrado ao som de John Lennon e Castro Alves?

Como o ambiente, inesperadamente, estava mais para intelectual que para tricotagem, o Capella resolveu ousar, deu um passo à frente e recitou o "Tertuliano", frívolo e peralta, inteiro. Pegou mal — achou — quando, no final:

— "Penetrando na sala o pai sisudo que, detrás da cortina, ouvira tudo, severamente respondeu: juízo!"

Aquele "juízo!" caiu como um peso, enquanto o caixão descia, empurrando, definitivamente, o Badaró lá para baixo. Naretta jogou umas flores em cima. E os coveiros, terra.

E ele ali, com aquela caixa debaixo do braço, ridículo. Era mais ou menos do tamanho de uma caixa de sapatos. E embrulhada com aquele papel pobre e cafona, cor-de-rosa. Com barbante. Coisas do Badaró. Mas estava mesmo hermeticamente fechada. Quase lacrada.

Naquele momento, com aquele pedaço que o Badaró lhe deixara debaixo do braço, lembrou-se da Cláudia perguntando da herança. Ela havia colocado aquilo na cabeça dele. Mas, definitivamente, não era a hora para se fazer uma pergunta daquelas. Nem a hora, nem o lugar.

Ao se despedir da Naretta, pediu o telefone dela.

— É o do Ozanan. Você tem.

Ela chamar o Badaró de Ozanan fez o amigo lembrar da mãe do Badaró. Só ela chamava o Badaró assim. Ozanan! Ele odiava esse nome. Ele só não assinava O. Badaró, porque depois iriam abreviar muito e ia ficar O.B. E ele era muito macho pra virar O.B.

Claro que tenho, ele disse.

Capella já estava entrando no estacionamento quando a moça loira, a mesma do velório, o anjo, chegou meio correndo. Abriu a bolsa, um pouco nervosa e tirou um cartão.

— Se você precisar de mim... Vale esse!

E foi embora. Capella olhou. Era um cartão de visitas feito em computador. Um nome: Miriam. E um celular. Capella levantou os olhos, ela já estava saindo do estacionamento. Parou e olhou para ele. Sorriu. Era muito bonita a moça loira. Discreta, seria um dos anjos do Badaró? Um anjo se oferecendo para consolar o amigo? Marqueteira de velório?

Capella resolveu ir atrás dela. Chegou na porta de grade e ela já havia sumido. Mas não da cabeça do Capella. O rosto dela ficou registrado. Era a segunda vez que Capella via a Miriam. Mal sabia ele quantas e quantas vezes ainda não se veriam.

Não guardou normalmente o cartão. Escondeu num cantinho da carteira. E, para evitar mal-entendidos, diante do nome da Miriam, acrescentou com a Bic: vendedora de computador.

"Vale esse?"

Dois dias depois da overdose, toca a campainha no flat do Badaró. Diana, com flores, muitas flores para ele. Era uma outra mulher. Viva, em todos os sentidos. Mais bonita do que nunca.

"Morena, a famosa morena cor de jambo", pensou Badaró, lembrando-se do banho, "embora eu duvide que alguém já tenha visto um jambo. Se é que jambo existe. Pois eu fui olhar no dicionário e lá me informaram que jambo é vermelho. Portanto, a Diana não estava cor de jambo, não. Recorro ao Jorge Amado. Cravo e canela, em sua melhor combinação."

— Aquela mistura poderia ter sido fatal.

Foi a primeira bobagem que lhe veio à cabeça.

Ela riu gostoso e gostosa, caiu no sofá sem ser convidada, fazendo com que o seu vestido, de um tecido amarelo fininho, desse uma pequena esvoaçada. O suficiente para mostrar que ela estava sem calcinha e pronta para os agradecimentos iniciais.

— Percebi (ela se referia à mistura ou à calcinha?). Você me salvou a vida.

Como sempre, nessas ocasiões o homem vai falando qualquer nota:

— Foi bom... voltar a praticar um pouco a medicina.

É verdade. Sim, o Badaró não vinha exercendo a medicina em São Paulo. Vendia planos de saúde para empresas. Nunca ia ficar rico com aquilo, ele sabia. Mas dava para ir levando. Sozinho, sem filho, ou qualquer outro parente, Badaró tinha, naquele tempo, 53 anos. E vivia bem, dentro da própria solidão.

— Soube que você me deu um banho. A Lurdinha me contou.

— Quem? (Aqui o Badaró sentiu que ia rolar coisa. No jeito que ela falou banho.) Ah, a camareira, claro. A Lurdinha.

Badaró preparou duas doses. Quando foi se aproximando da Diana, deu o velho golpe. "Tropeçou" no tapete der-

rubando quase que o copo todo entre os seios dela, com gelo e tudo.

— Ui-ui-ui!

E o Badaró era rápido no gatilho.

— Melhor tomar um banho. Fique à vontade. Pegar uma toalha.

Assim mesmo, de supetão. Badaró pensou: tem três coisas que o homem não consegue segurar: água morro abaixo, fogo morro acima e mulher que quer dar. Precisava falar em banho?

Tomaram. Não um, mas dois banhos, que foi até onde ele conseguiu, digamos, se lavar.

Com Diana, Badaró voltou a ter o prazer da amizade e a delícia do diálogo. E das duchas quentes. Uma semana e os dois eram íntimos. Não porque ele voltou a dar vários banhos nela. Mas porque deram certo os banhos. Era como se o destino tivesse marcado aquele angelical encontro, aquela cumplicidade marota.

Mas ele sabia que era uma garota de programa. Embora dissesse que já havia saído dessa vida. Agora só agenciava. Programa pessoal, só em casos muito especiais. De senador pra cima. E ai dele arvorar-se pra cima das meninas dela. Ai dele!

Pouco a pouco, Badaró foi conhecendo o mundo encantado e encantador de Diana. Um mundo cativante. Meninas, meninas, meninas. As meninas da Diana eram as chamadas universitárias. E algumas eram mesmo.

Até que um dia a Diana fez uma proposta de trabalho ao já amigo, cúmplice e apaixonado Badaró:

— Você não quer experimentar umas meninas pra mim?

Badaró fez que não entendeu. Na verdade, Badaró não entendeu mesmo. Ou será que era mesmo o que ele estava pensando?

— Experimentar? Como assim?
— Eu explico. Me passa o uísque.
— Quer mais gelo?
— Duas pedras. Senta aqui.

Badaró sentiu, naquele momento — estamos em 1990 —, que alguma coisa na vida dele ia mudar.

— Explica isso melhor.

Tudo o que o Capella queria era abrir aquela caixa e começar a olhar dentro dela. Mas a Cláudia ficava ali, falando, falando, falando. Há 40 anos que ela falava. E ele ouvia. E não entrava por um ouvido e saía pelo outro, não. Fica tudo lá dentro.

— Gigolô, sim senhor!

Quando o Badaró e a primeira mulher, a oficial, se separaram, ela achou que aquilo seria um mau exemplo dentro da turma. Que a próxima seria ela.

— Cláudia, o cara acabou de morrer. Um pouco de respeito não faz mal a ninguém.

— E daí? Você vai me dizer que ele não era gigolô?

Ele nunca soube até que ponto ela sabia das atividades do Badaró. Até então ele não poderia imaginar até onde ia a curiosidade da sua própria mulher. Não poderia imaginar o curso que ela andava fazendo.

— Gigolô é merreca, Cláudia. O Badaró era um empresário. Um grande empresário, se você quer saber.

Ela riu. Ela quase gargalhou, batendo a mão aberta na mesa e dizendo: empresário... empresário...

— Empresário! Então tá, hein? E essa caixa aí? Os disquetes?

— É, os disquetes. Se você parar de falar um pouco, eu vou dar uma olhada.

Ia saindo para o seu escritório. Se é que aquilo poderia um dia ser chamado de escritório. Um vazio debaixo da escada, uma mesinha feita exatamente para aquele espaço, uma cadeira de rodinhas — isso ele fez questão — e, se ele não tivesse que esticar o pescoço, ficar reto, não batia a cabeça na escada.

Era dali que saíam os primeiros e últimos capítulos dos seus policiais.

Ela foi atrás.

— Pra quê? Você não entende nada disso.

Resolveu enfrentar:

— Vou mesmo comprar um computador!

Ela riu, debochando:

— Só quero ver...

Saiu, voltou pra sala, ligou a televisão num seriado de detetive. Daqueles bem antigos.

— Mamãe que gosta desses filmecos.

Abriu a caixa. Precisou usar uma faca para rasgar aquilo tudo. Muitos, muitos disquetes. Todos numerados. O Badaró era um sujeito organizado. Profissional.

Viu que a Cláudia não estava perto, pegou o cartão da Miriam. Pensou em ligar. Podia ser alguma coisa ligada ao Badaró. Melhor não, era apenas uma puta querendo faturar até mesmo no velório do chefe.

Mas ela tinha alguma coisa naquele olhar. Não parecia uma puta qualquer. Uma certa meiguice, uma verdade. Uma espécie de solidariedade. Não, não ia ligar. Era uma puta, e uma puta é uma puta e não se fala mais nisso.

Ajeitou-se na poltrona, lubruzou-se todo:

— Explica a coisa.

Diana deu um leve, rápido e brejeiro beijo na boca dele. O suficiente para boas recordações.

— Preciso de alguém como você, cara. Eu diria até mesmo que eu estava procurando alguém como você, meu anjo.

— Alguém como eu, em que sentido?

Ela se serviu de uísque. Ofereceu para ele, mostrando a garrafa. Ele disse que sim com a cabeça.

— Brindemos!

— Ao que mesmo? Alguém como eu, você disse. Pra quê?

Grandes goles. Silêncio quase constrangedor.

— Você é médico e entende de mulher. De corpo de mulher. Na cama e no tato médico, digamos assim. O testemunho é pessoal e ocular. É um bom sujeito, solteiro, esperto pra cacete, uma idade que já não permite muita loucura e, o mais importante, até que me prove o contrário, de extrema confiança. Ou não?

"Onde é que ela quer chegar?"

— Depende...

De chofre:

— Quer trabalhar pra mim?

Badaró jamais poderia imaginar receber um convite para trabalhar com ela.

— Eu? Tá me gozando, Diana. Você trabalha com garotas de programa. Você não está me convidando pra ser leão-de-chácara lá do Freguesia do Ócio, tá?

— Tem fumo aí?

Tinha, mas ele não ia dar antes que ela abrisse o jogo. O Badaró se orgulhava de sempre dizer que costumava trabalhar careta. Completamente careta. Claro, como ginecologista, poderia confundir as coisas. E estava ansioso para saber do que se tratava. Além de todas as qualidades que a Diana citara, era curioso também.

— Tem não. Vamos, diga lá.

A moça era mesmo profissional. Cada minuto que passava, ela dominava mais a conversa, o jogo.

— Badaró, eu não tenho idéia de quanto você ganha por mês vendendo esses seguros de saúde. Não deve ser pouco, mas muito também não é. Está vendo isso aqui?

O Badaró pegou. Era uma ficha, uma espécie de questionário que ele usava para vender seus seguros de saúde. Ali estavam nome, data e local de nascimento, nome dos pais, doenças que já tinha tido e até, por incrível que possa parecer — algumas perguntas de ordem sexual. Ou seja, a seguradora onde o Badaró trabalhava precisava conhecer bem a vida do sujeito.

Ela riu gostoso e voltou séria ao assunto.

— Andei dando uma olhada nessa ficha aqui. De manhã, quando acordei. Não, não mexi nas suas coisas, não. Fica tranqüilo. Estava aqui em cima da mesinha. E essa ficha me deu uma idéia.

Longo e gostoso gole.

— E você vai concordar comigo que não existe ninguém melhor, no mundo, para trabalhar comigo, para me ajudar nessa idéia.

— Continua, patroa. Vamos por partes, como diria Jack, o estripador. A ficha. O que tem a ficha?

— Sim, a ficha. Você não tem fumo mesmo? Nenhum caixa-dois numa gaveta? Eu sei que tem.

— Não. Vamos, fala.

Ela estava a fim mesmo.

— Então eu vou buscar lá em cima.

Fez com que ela sentasse de novo. Trouxe o fumo. Um a zero, perdendo.

— Você enrola.

— Tem maquininha?

— Não tem porra nenhuma, Diana. Fala de uma vez ou vai enrolar na sua maquininha lá em cima.

— É o seguinte, Badaró.

E explicou tudo.

Capella sonhou com o anjo loiro. Um sonho bom. No sonho ele estava enfiando as mãos nos seios dela, quando caía para trás e batia com a cabeça em algum lugar. Acordou assustado. Cláudia, acordada, estava olhando para ele. Curiosa.

Antes que ela falasse alguma coisa, ele:

— Não foi nada. Um sonho.

— E quem é Miriam?

Capella virou para o outro lado. Tentou dormir. Tentou. Aquela filha da puta não saía da cabeça dele.

— E você ainda me paga, para fazer isso? Não acredito. Mas isso é a prova irrefutável de que Deus existe. E está por perto! Vivo!

O que ela explicou e que lhe daria tanto prazer era, em rápidas palavras, o seguinte:

O Badaró passaria a ser uma espécie de experimentador de garotas. Recepcionista das incautas, pensou ele. Garotas ainda inexperientes que chegassem até as mãos da Diana. A maioria vinda do Sul (principalmente de Santa Catarina) e do interior de São Paulo.

O trabalho consistia em três partes:

— primeira: fazer a ficha médica de cada uma delas. Depois, um detalhado exame médico. E pedido de todos os exames. Fezes, urina e sangue. E o de HIV a cada três meses, claro. E a boca: tratamento total, não queria cáries, dentes separados, falta de dentes. Se necessário, colocar aparelhos nas que valesse a pena investir;

— segunda e muito mais prazerosa: experimentar as garotas, ver se elas levavam jeito. Na medida do possível, ensinar, dar verdadeiras aulas para elas. Sair, mostrar desde os talheres certos até como se comportar neste ou naquele lugar. Conhecer vinhos. Marcas de carro. Não bocejar. Não arrotar! Ter boas histórias para contar. Essas coisas. Enfim, preparar as menininhas para uma saudável e próspera vida profissional;

— terceira: depois de conhecer bem a menina, fazer uma espécie de ficha pessoal de cada uma. E, em anexo, de próprio punho, as impressões dele. A vida delas, como começou. Quem foi o primeiro. Por aí.

Badaró respirava aliviado. Não mais a sala de espera do diretor das empresas, não mais o sorriso das recepcionistas, não mais a maletinha 007, não mais aquelas folhas de papel carbono, não mais as fichas intermináveis, não mais os relatórios para o doutor Souza. Não mais 20 esperados e distantes dias de férias. Não mais pensar em recolher para a aposentadoria. A aposentadoria estava ali, bem perto dele. E, principalmente, não ouvir o barulho surdo do carimbo na foto dos seus segurados: óbito! Deixar para ler os obituários depois do caderno de esportes. Isso não tinha preço.

Ele ia fazer a vida na cama. Ia ser um desóbito dorsal. Uma vida nova, cheia de garotas. Nada mal para um sujeito de 53 anos.

Badaró não só topou na hora direcionar suas fichas médicas noutra direção como, naquele momento, já começou a pensar mais longe, para futuro azar de Diana.

Cada menina que passasse pelas suas mãos lhe daria bem mais dinheiro que um seguro de vida, arrancado daqueles futuros doentes ou mortos.

Badaró ia trabalhar com a vida, com o melhor que a vida poderia lhe oferecer naquele momento.

— Diana, você é um anjo!

Ali, exatamente ali, foi a primeira das milhares de vezes que o Badaró diria a palavra anjo. Ali, estavam nascendo "Os Anjos de Badaró", leria, tempos depois, seu amigo, o jornalista Capella, quem diria, pelo computador.

— E quando é que eu começo com esses anjinhos?

Diana tragou e segurou o fumo lá no fundo, falando com o pulmão cheio, a garganta presa e o pensamento solto e leve. Sem pressa. O negócio ia rolar.

— Amanhã cedo chega uma de Joinville. Quer? Quer começar logo amanhã cedo?

Diana tirou uma foto da bolsa. Uma foto colorida, de qualidade duvidosa. Mas nada para estragar os seios fartos daquela menina, daquele anjo que caía do céu.

Badaró tragou, olhando a foto que Diana lhe passou.

Era mesmo um anjo. Um anjo loiro.

— Deus existe!

três

badaró: sentiu que não era para cair matando
capella: fazia muito tempo que ele não conversava com a mulher

Ao abrir a porta do seu flat, ainda de madrugada, Badaró ganhou o seu primeiro serviço. A palavra é essa mesmo: ganhou.

A Diana com a tal moça de Joinville.

— Essa é a Elyza. A moça que eu lhe falei, ontem. E este, Elyza, é o doutor Badaró.

VALE ESSE (trecho dos arquivos que Badaró entregou para Elyza em Paris em 2000)

Naquele momento, naquele momento que eu vi a Elyza pela primeira vez, ali, na porta do meu apartamento, de pijama, eu diria que bateu um negócio. Eu não sabia o que era aquilo. O que eu me lembro é que eu pensei: isso não vai dar certo. Isso, de trabalhar com meninas como essa catarinense alta que estava na minha frente, mais espantada do que eu.

Era a primeira. E eu ia ter que a experimentar, para usar as palavras da Diana. E eu, dizia, pensei: isso aqui é um trabalho. Não posso me envolver. Mas, como diria um amigo meu, subiu uma gasolina dentro de mim.

Ajeitando o pijama, engoliu a seco o doutor. Que vergonha, esse pijama. Marrom, ainda por cima. Sempre que o Badaró colocava aquele pijama, se lembrava do pijama do suicídio do Getúlio. Listrado. Marrom degradê.

— Doutor, Diana? Pára com isso. Muito prazer. Vamos entrando.

Pela segunda vez Badaró pensou em Deus e achou que isso já era uma blasfêmia. A voz da garota saiu tímida, medrosa, assustada, mas querendo ser simpática, querendo vencer na cidade grande.

— Oi.

Foi tudo o que a Elyza disse. Aquele oi quase nocauteou o nosso herói. Mesmo dizendo apenas oi, veio todo um sotaque do Sul. Veio toda a imigração alemã para dentro daquele flat. Pela cabeça do Badaró, sabe-se lá por que, passou um milharal, telas, quadros que ele já havia visto. Van Gogh. Até no Taffarel, ele pensou.

A Diana, querendo se mandar:

— Desculpe a hora, Badaró, mas estou com gente lá em casa, o ônibus da Elyza chegou agora, ela pegou um táxi e... Será que ela podia dormir aí? No outro quarto?

Badaró sentiu que não era para cair matando. Ele teria muito, muito tempo pela frente. Talvez o resto da vida. E ele estava certo.

— Claro. É um prazer.

A palavra prazer lhe trouxe outros prazeres à cabeça.

— E amanhã, depois de pegarem uma piscina, vocês podem começar a fazer a ficha. Tudo bem?

Beijinhos, beijinhos, Diana foi embora. Badaró trancou a porta.

— Fique à vontade. Fique à vontade, meu anjo.

Quantos anos devia ter aquele anjo? Dezoito? Vinte, no máximo. Badaró não sabia o que falar, o que perguntar, o que sugerir. Só tinha uma coisa na cabeça: vou ter que segurar até amanhã. Ou melhor, hoje, mais tarde.

— Gatão, resumindo: estou com uma porção de disquetes e preciso ler. Quero que você me ensine a fazer isso.

— Onde? Aqui?

— Não, na minha casa. Vou comprar um computador. Ou melhor, você é quem vai comprar pra mim. Dois mil reais dá pra comprar uma máquina dessas? O suficiente para ler os disquetes e entrar nos... como é mesmo?, nos sites que eu quero?

— Dá. Mas eu não posso ler? Você quer que só ensine?

— Não, Gatão. É confidencial. Uma matéria aí. Uma investigação. Com essa eu vou ganhar o Prêmio Esso. E não me pergunte por quê. Você vai me ensinar. Só isso. Quando eu puder entrar sozinho, eu entro. Vou te dar um cheque em branco. Vai no Extra que eu tenho ficha lá. Oito da noite, em casa. Dá pra instalar tudo hoje mesmo?

O Gatão estava desconfiado mesmo. Será que ele poderia confiar naquela tatuagem ambulante?

— Deixa comigo. Esses disquetes... são do Badaró?

Capella olhou sério para ele:

— Gatão, você anda muito curioso pra cima da morte do Badaró.

Gatão abaixou os olhos, sentido.

— Fiquei muito triste com a morte dele. Era um cara legal. O que ele fez pela minha irmã...

Capella estava lendo a matéria sobre a morte do Badaró. A foto era do enterro, com a Naretta chorando nos braços do Takashi. Nenhuma informação que ele não conhecesse. Apenas, no final da matéria, informava que o testamento seria aberto dentro de cinco dias. E que a fortuna dele era coisa de milhões, conta no exterior, aquelas coisas todas de um brasileiro honesto e trabalhador, como era o caso em questão. Olhou mais atentamente a foto. Ao fundo, com um lenço nos lábios, Miriam.

O Gatão cutucando o Capella. Deve ter percebido que ele estava em outro mundo.

Gatão mostra um papel com uma porção de computadores, preços, concorre a não sei o quê. Tudo muito colorido, brilhante. Aqueles que caem de dentro do jornal e eu nunca descobri quem é que coloca lá dentro. Se é o próprio jornal, o entregador ou o porteiro. Mas que alguém leva algum, leva.

— Compre o que você quiser, Gatão. Não passe de dois mil. O que você quiser.

Nadava bem a Elyza. Tinha ido e vindo umas 20 vezes, de um lado para o outro, ali na piscina aquecida do último andar do flat. Tá certo que era uma piscina pequena, dessas de flat, observava o nosso herói. E ele fumava. Um atrás do outro.

Seu primeiro dia de trabalho. Ainda não havia começado a labuta propriamente dita. Mas o dia prometia. Depois da piscina, desceria com a garota e faria a primeira, a primeira de centenas de fichas de anjos.

Ela saiu da água. Aquela água escorrendo pelo corpo. Aquela água escorrendo pelos cabelos. Aquela água é a mulher em seu maior momento: pingando no resto do corpo. Ele acompanhou uma daquelas gotas. Bateu no ombro, escorreu por entre os dois seios, saiu por baixo, quase se acomodou no umbigo. Mas reagiu. Pegou o caminho da esquerda, foi descendo e se dissolvendo na coxa direita. Badaró sofreu sentidamente a morte da gota.

Badaró, como um gentleman, estendeu o roupão. Não queria que a moça ficasse imaginando que ele desejasse ficar olhando o corpo. Em absoluto. Já havia olhado cada centímetro dentro da água, apesar daquele efeito de distorção que a situação dá. Isso ele já havia feito até antes. Com ela dormindo.

Sim, desde que a Diana deixou a menina lá, não dormiu mais. Mas, conforme se prometera, segurou.

Em tese. Ela dormira no quarto de hóspedes. E ele ficara sentado o tempo todo na sala. Era uma linha reta, hirta, tesa, que saía do seu rosto, dos seus aguçados olhos, em direção às pernas dela. Esta reta passava pela porta entreaberta. Dava para ver o suficiente e imaginar o resto.

VALE ESSE

Me lembro muito desta noite. No começo eu achava que era por ter sido o meu primeiro anjo e eu estava mesmo deslumbrado. Eu tinha que me segurar. Dezenas, centenas, milhares – talvez – de anjos passariam pelas minhas mãos e pela minha cabeça. E eu não poderia me envolver. Mas ela aparentava alguma coisa de inocente, de forte, de fascinante dentro dela. E não era apenas pelas pernas dela que eu raciocinava. Eu sentia, ali, que precisava me conter. Precisava separar o trabalho do resto. Imagina, gostar de uma puta... Mal sabia eu o que aquela menina iria significar para mim nos próximos anos.

Conversaram pouco antes dela ir dormir. A única coisa que ele fez questão de saber era a idade. Podia ser menor, apesar da altura. E se surpreendeu. Ele achava que ela devia ter 18. Mas tinha 23 e fazia questão de deixar bem claro que o Elyza dela era com y *e* z*, feito no filme* My Fair Lady*, que a mãe dela adorava. Conhece?*

VALE ESSE

Vinte e três anos! Exatos 30 menos do que eu. Trinta! Pensei no filme. O mister Higgins deveria ter uns 30 a mais que a Elyza. E deu no que deu. Será que um dia o Bernard Shaw havia conhecido e se apaixonado por uma Elyza de verdade? Acho que, se ele fosse vivo, mandaria uma carta perguntando isso.

Isso vai dar cagada!

Mas queria usar o nome de Anna, com dois enes, pediu.

Quanto aos 18, ou 23, Badaró achou que — profissionalmente — 18 ia pegar bem melhor. Fez questão de ajudá-la a arrumar a cama, deu uma toalha e foi para o seu quarto fingir que dormia.

Agora, ali na piscina, ela, mais descontraída, falava da vista lá de cima. Podia-se ver todo o bairro dos Jardins. Até lá embaixo, no Jockey, explicou Badaró. Um dia vou te levar lá para ver os cavalinhos. Pra gente fazer umas apostas. E via, lá no horizonte, os aviões descendo e subindo. Bonito. Um outono esplendoroso.

— Sabe qual é o meu sonho?

— Diz.

— Viajar de avião.

— Você nunca viajou de avião?

— Nunca.

— Tem medo?

— Medo? E dinheiro, doutor Badaró?

Aquele doutor Badaró pegava mal. Muito mal. Precisava acabar com aquilo, logo.

— É só a senhora parar de me chamar de doutor que o dinheiro pinta.

Ela estava mesmo deslumbrada com a vista lá de cima. E o Badaró com a vista dela. Mas teve um minuto de sabedoria para pensar. Estou aqui a serviço. Não posso me envolver.

— Eu espero mesmo. Preciso ajudar tanta gentes...

— Gente. Gente. Sem o esse. Já vi que você escorrega nos plurais. Mas a gente resolve isso.

Chegou a velhinha do 43, de toca e tudo o que tinha direito. E olhou para o Badaró e olhou para a menina e boa coisa não deve ter pensado, a velhinha do 43.

Carlos Alcides Capella era um homem da antiga. Honesto, íntegro, católico. Estava se sentindo incomodado com duas coisas. Primeiro que achava que o Badaró não havia se suicidado. Conhecia bem o amigo. Mesmo doente, não faria aquilo. E sentia que o amigo tinha deixado uma missão para ele. Descobrir a verdade. Mas ele tinha medo de se meter no mundo, na vida do Badaró. E, segundo: pela primeira vez desde que se casou, uma outra mulher não saía da sua cabeça. Uma bobagem, ele pensava. Nem sabia quem era. E o pior, puta! Bonitinha, simpática, lavadinha... mas puta!

Chorou e desabafou. Contou tudo para a mulher. Do suicídio, da Miriam, "imagino, nem sei quem é". Ela ouviu tudo muito atentamente.

Longa pausa.

Ela preparou um uísque. Para surpresa dele, dois. Alguma coisa estava acontecendo com aquela mulher.

— Nós temos duas alternativas: encarar ou parar com tudo.

"Nós", ela disse. Ela não tem nada a ver com isso. É um problema meu.

— Nós, Cláudia? Você não tem nada a ver com isso. Nada.

— Temos que descobrir quem é essa mulher...

Estava mesmo diferente. Não era — definitivamente — apenas aquela bunda que ele via na cama. De algum lugar dela, emergia alguma coisa. Alguma coisa havia mudado. Estava fria, e confiante nela mesma.

— Alcides, presta atenção. Primeiro me responda a uma pergunta: há quanto tempo você não conversa comigo? Há quanto tempo você não me dá mais os seus primeiros capítulos para ler? Há quanto tempo não fazemos amor? Há quanto tempo você não chora no meu peito, como agora? Há quanto tempo eu não existo, Alcides Capella? Há quanto tempo eu morri pra você?

"Onde é que ela quer chegar?"

— Cláudia, você há de convir comigo que agora não é exatamente o melhor momento para se discutir a relação. Mesmo porque eu sou da teoria que quando um casal resolve discutir a relação é porque já não tem mais porra nenhuma de relação pra ser discutida.

— Está bem, está bem, vamos deixar a relação pessoal de lado. O que eu quero é discutir a nossa relação profissional.

— Profissional? Mas o que é isso? Pirou?

Ela foi até a estante e pegou um dos livros encadernados da Agatha Christie. Colocou bem na cara dele o *Witness for the Prosecution.*

— Adoro a Agatha Mary Clarissa, vulgo Christie. Quantos livros policiais você tem aqui em casa, Alcides?

— Nunca contei. Uns três mil. Tava mesmo procurando esse livro.

— Pois saiba que durante esses 40 anos, enquanto você estava na redação ou viajando a trabalho, eu li todos. Todos, Alcides.

Ele estava — mais uma vez — boquiaberto.

— Todos? Um por um?

— Todos. Quer fazer um teste?

Ele estava duvidando.

— Como é o nome da médica legista da Patricia Cornwell?

Ela nem titubeou:

— Kay. Kay Scarpetta e, acho, sapata.

— Quem matou Sherlock Holmes?

— Essa é muito fácil, meu querido.

Diante dele, uma mulher que ele nunca havia conhecido. Realmente fazia muito tempo que ele não conversava com a mulher. Ela tinha razão. Ele não conhecia mais ela.

Ela abriu a bolsa e tirou um cartão de visitas. Estendeu.

Estava escrito:

"Lurdes de Fátima, detetive particular. Sigilo absoluto."

— Cláudia, você acha que eu vou apelar para uma detetiva? Conheço dezenas, centenas deles. Não vou precisar de uma detetiva. Era só o que me faltava. Você está querendo contratar uma detetiva, só porque eu estou sonhando com uma puta? Uma tal de Miriam? Ou porque eu estou desconfiado que mataram o meu amigo?

Ela colocou as duas mãos abertas no ombro dele e disse, firme como uma rocha:

— Lurdes de Fátima c'est moi, mon amour!!!

Tóoooooim!!!

quatro

badaró: não foi fácil entrar no mundo da internet
capella: impossível não olhar para o decote em v

Quando o Badaró entrou com a Elyza/Anna no 41, deixou que ela tomasse banho primeiro. Enquanto ouvia o barulho da água caindo, ficou olhando as fichas médicas dos planos de saúde e pensando que deveria fazer algumas alterações. Confeccionar alguma coisa mais específica ao tema em questão. Pegou uma caneta e começou a fazer anotações.

No lugar de "primeiro emprego" poderia colocar "primeira vez", no lugar de "quantas vezes viaja para o exterior por ano", "quantas por semana", no lugar de "última viagem", "já andou de avião?". Estava ali se divertindo, ao som da ducha, quando tocou a campainha. Só faltava ser a velhinha do 43. Gostava de implicar com ele, a velhinha do 43.

Mas era a Diana, com uma garota. Outra? Já? "Mas é assim, é?", pensava o Badaró. Morena.

— Essa é a Dinaura!

A Dinaura. Meu Deus, a Dinaura.

— Entra. Entrem.

A Dinaura era mais assanhadinha que a Elyza. Se a Elyza gostava de ficar com os olhos pequenos te mirando, atenta, com um certo ar de medo, achando que estava se metendo numa encrenca, que aquilo não ia dar certo, que ela estava com medo, a Dinaura era o oposto: girava os olhos por tudo quanto é lado, um periscópio ambulante.

VALE ESSE

Fiquei mais preocupado ainda quando vi a Dinaura. Nada do que estava se passando pela minha cabeça em relação à Elyza acontecia diante da Dinaura. Também era uma gracinha. Mas não bateu. Via a Dinaura profissionalmente.

A Dinaura, assim num primeiro exame clínico, parecia ter nascido para aquilo. "Vai longe, essa menina."

— Igualzinho o seu, né, Diana?

Diana ignorou a observação sobre o seu apartamento.

— Tudo bem com a Elyza?

— No banho. Quer dizer que hoje já vendi dois seguros-saúde? Senta, Shirley.

— Dinaura, tio.

Aquele tio doeu. Aquele tio bateu lá no fundo dos 53 anos bem conservados, segundo ele mesmo. Mas segurou.

— Desculpa, Dinaura. Senta. A casa é pequena, mas o coração é grande.

O próprio Badaró deve ter ficado com vergonha da frase.

Badaró arrastou a Diana para fora do quarto. No corredor:

— Tem uma coisa que a gente não combinou: onde é que essa meninada vai ficar? Você não está pensando em deixar tudo aqui na minha casa, né? Quer me matar?

— Fica tranqüilo. O que você achou da catarinense?

— Nada ainda. Estou achando é que é muito serviço.

— É melhor você se organizar.

— Tem mais uma coisa, chefa: estou pensando em fazer seguros das meninas. Disso eu entendo. Depois te explico melhor.

— Seguro?

— Saúde e de vida. Depois eu te explico. Deixa eu trabalhar.

A Diana foi embora com a certeza que a mercadoria ia ficar melhor do que a encomenda.

Badaró entrou no seu flat para cuidar de seus dois primeiros anjos. Pensando em anjos e seguros de vida. Sim, todo anjo teria seguro de vida. "Um dinheirinho por fora." Seguros de vida de anjo para anjo. Ficou de elaborar melhor a idéia. Voltou para os anjos, ainda inseguro.

Patricia Cornwell, Harry Kemelman, Brigitte Aubert, Rex Stout, P. D. James, Garcia-Roza, Lawrence Block, Edgard Allan Poe, Conan Doyle, Agatha, todos. Aquela mulher tinha lido todos. E quase decorado. Sem falar em toda a obra do Rubem Fonseca.

Ele era o repórter-policial e, enquanto isso, a Cláudia Dumont Bacoccina Capella se transformava, dentro da sua própria casa, em Lurdes de Fátima. A capa do Bogart, ele lembrou.

Era bem ela: nem no pseudônimo se esqueceria da religião aprendida na Escola Normal Nossa Senhora Auxiliadora. A misteriosa detetiva era uma mistura de Nossa Senhora de Lourdes e Nossa Senhora de Fátima. Uma Auxiliadora.

— Surjo a qualquer momento, sem avisar — brincou.

E mais:

— E assino Lurdes que é para não ter que ficar explicando toda hora que é com *o* e *u*. Lurdes, direto. Inspira mais confiança.

A única coisa que ele conseguiu falar, foi:

— Uísque! Copo longo...

E ela ia explicando o seu trabalho. Fizera o curso por correspondência com o J. Amaral, um dos maiores — se não o maior — detetives brasileiros. Estava se especializando em casais, traições. Campanas, foi uma palavra que ela usou várias vezes. Contou o caso de uma chinesa que pagava legal para seguir o marido. O marido tinha três amantes fixas. Isso a chinesa sabia. O que a cliente queria era a garantia de que o marido só mantinha essas três. A informação que ela precisava, é que ela não era traída por outra chinesa. Esse era o problema da Chiang. As três, tudo bem, mas ai do china se ele transasse com outra chinesa. Quase todo o dinheiro ganho com a atividade era imediatamente transferido para a APAE. Capella quase chorou.

Agora que ele sabia, olhando bem para a cara dela, para o jeitão, enquanto lhe serve o uísque, ela tem mesmo um certo tipo de detetiva. Nenhum escritor de romance policial, incluindo aqueles que ela citou, jamais pensaria em criar uma personagem como ela, a Lurdes de Fátima. Mas — claro! — olhando para ela agora, atentamente, com outros olhos, via que ela, naquele momento, não era mais a Cláudia. Era a Lurdes. Lurdes de Fátima!

Entregou o copo, fizeram tim-tim e ela perguntou:

— Por onde vamos começar?

Num último momento de lucidez, ela disse:

— Toda a chave está no testamento. Precisamos saber quem é ou quem são os beneficiários.

— Depois de amanhã será aberto.

Toca o interfone.

Poderia, naquele momento, ser todo mundo, menos ela, a Naretta, atual mulher, ou melhor, atual viúva de Ozanan Badaró.

Mesmo morto, o Badaró continuava a dar trabalho.

Ele estava diante daquela estátua de diamantes que era a Naretta. Fez com que ela entrasse.

Aquele um metro e oitenta e dois passou pela porta num deslizante desfile de Dior. O perfume deixou o jornalista um pouco mais tonto.

— A casa é sua...

Badaró, com as pernas cruzadas, sentado no seu sofá. Balançando as longas pernas. Duas poltronas, dois anjos. Badaró não sabia bem por onde começar.

— Vamos fazer o seguinte: pra começar, vocês vão preencher essas fichas aqui. Isso aqui, ó. Olha as canetas.

As duas não falaram nada e começaram a escrever. Mas tudo muito lentamente. Era como se elas tivessem que fazer um esforço danado para lembrar o nome do pai ou com quem foi a primeira vez.

— Tio, o que é proxeneta?

Tio?, essas coisas doíam no Badaró.

— Vamos definir uma coisa. Nada de tio e muito menos de doutor. Sou o Badaró. Ozanan Badaró. Estamos trabalhando juntos e, portanto, a hierarquia dança. Isso aqui não é uma repartição pública. Não estamos vendendo seguros de vida.

— A o quê? Hie... o quê?

E a outra:

— Você ainda não me disse o que é proxeneta.

Badaró foi até a estante, pegou o Aurélio.

— Leiam aqui. Aqui tem hierarquia e proxeneta. E mais algumas palavras.

> [Do gr. proxenetés, 'mediador entre os estrangeiros e os cidadãos', pelo lat. proxeneta.] Pessoa que ganha dinheiro servindo de intermediário em casos amorosos. Explorador da prostituição de outrem; cáften. [Sin. ger.: alcoviteiro e (bras.) caraxué.]

Não ia ser tão simples assim, como ele imaginava. O nível era baixo, muito baixo.

Mas o Badaró imaginava outras coisas. Seria uma a uma ou ele iria fazer uma consulta coletiva, depois das fichas? De olho nos joelhos. O da Jambo era melhor. Já os peitinhos (expressão dele) da Elyza/Anna pareciam chegar na frente. Não só os peitinhos, pensava ele. Havia alguma coisa a mais, aquela menina. Mas de uma coisa ele tinha certeza: os da Jambo não deviam ser cor-de-rosa. O Badaró sempre teve fixação nesse negócio de cor-de-rosa.

— Me passa o dicionário, colega.
É, as duas estavam pegando amizade.

Era impossível para Alcides Capella olhar para aquela mulher de 36 anos e não imaginar o seu querido Badaró navegando por ali. Impossível não sentir inveja de um cara que nem vivo está. Impossível não notar o olhar da mulher dele para a mulher do Badaró. Para as pernas, para as longas pernas da Naretta. Impossível não olhar para o decote em V que mostra um território proibido para os pensamentos de Capella, sobressaindo de um tecido vermelho, pecaminosamente Nelson Rodrigues.

A Naretta era estudante de informática em Goiânia. Estava no quarto ano, para se formar. Diante daquela beleza toda, diante daquela flor do cerrado, seus colegas de faculdade a inscreveram num concurso de top model da agência Ford. O prêmio, além da grana, era um ano trabalhando nos Estados Unidos, fotografando. Ela ganhou.

Havia uma segunda etapa, no Rio, com as concorrentes de todo o Brasil. Ela ganhou. O prêmio: mais três anos em Paris.

Capa de todas as revistas de moda no mundo. Morava numa cobertura na avenue Montaigne, bem ali, no centro da moda parisiense. Casamento com um marroquino. Morou uns anos na Califórnia, abandonando as passarelas e ganhando umas polegadas a mais.

Voltando ao Brasil, já com quadril 104 e quase 30 anos, foi perdendo espaço para as anorexas e pivetinhas. Na época que ela conheceu o Badaró, com uma certa mágoa, dizia:

— Sou modelo e atriz. Essas aí, de hoje, são modelo, atriz e manicure.

E Badaró conheceu Naretta quando começou a expandir os seus negócios através da Internet. Naretta andava trabalhando nisso. Tinha uma firma de consultoria. Badaró comprou a firma e ela. Ficaram sócios e navegaram juntos até a morte dele.

A idéia do cafezinho da Cláudia veio bem a calhar, pois ia rebater um pouco aqueles uísques e os dias de tantas novidades.

Depois do cafezinho e de todas as cordialidades das três partes (a Cláudia se esforçou bastante), a Naretta falou e muito.

Em resumo, ela foi procurar o Capella pelo seguinte motivo: sabia, é claro, que ele estava com os disquetes do Badaró e se ofereceu para ajudar a lê-los. Para surpresa do Capella, a Cláudia agradeceu e disse que ela — ela, a Cláudia — entendia muito bem de computador. Mas Naretta insistia. Não teve jeito. O que o Capella sentiu é que ela estava curiosa para saber o conteúdo daquilo.

Antes de ir embora, com suas pernas e seu perfume, insistiu mais uma vez em ajudar com os disquetes.

Capella a acompanhou até o elevador. Quando voltou, a Cláudia, ou melhor, a Lurdes de Fátima, estava na janela com um binóculo. Binóculo este que ele nunca soube. Prateado, modernoso.

Foi o tempo da Naretta chegar lá embaixo e Lurdes chamou o marido até a janela.

— Quem é aquele elemento?

Quase que ele respondeu: o que está abrindo a porta da viatura?

Era o Takashi, o braço direito de Badaró e, se a lente do binóculo não estava falhando, agora braço da Naretta.

— Você não achou estranho ela insistir tanto em querer te ajudar com os disquetes?

Agora que ele se lembrou:

— Que história é essa de você entender de computador? A Lurdes de Fátima fez curso disso também?

Ela riu, detetivescamente:

— Só sei que aquele negócio com fio se chama mouse. E em Portugal, se chama camundongo.

Ela estava com a razão. Ninguém poderia ter acesso aos disquetes. Nem mesmo o Gatão, que ficou de ir à noite para a primeira aula.

Toca o interfone. O dia estava mesmo cheio.

Eram as caixas com computador, monitor e impressora, chegando.

Um mundo novo estava entrando naquela casa.

Ele ia se divertir pela primeira vez naquele dia.

"Eu adoro abrir esse tipo de caixa. Desamarrar aqueles fiozinhos todos, folhear os prospectos."

Mas a esposa o chamou à razão:

— Lurdes falando: não sei trabalhar com computador, mas entendo alguma coisa, Alcides. O suficiente para dizer que se esses disquetes saíram de um computador, lá no disco do computador tem tudo que está aqui.

— Tem certeza?

— Absoluta.

— Você está querendo me dizer que isso tudo que tem aqui, ela tem lá no computador do Badaró?

— Não tenho nenhuma dúvida. Já tive um caso de disquete no serviço. Qualquer dia te conto a história toda.

— Então o que é que ela veio fazer aqui?

— Elementar, meu caro Alcides. Herança, herança e mais herança. Veio assuntar. E os disquetes. Fazendo que não sabe o conteúdo...

Capella fica olhando para as caixas.

— Me ajuda com isso aqui. E me lembra de perguntar esse negócio dos disquetes ao Gatão.

Badaró estava bem. Testou as duas. Uma de cada vez. Ganhou 400 paus pelo serviço. Estava feliz. Levou as duas para a piscina lá em cima, perto das nuvens, onde devem ficar os anjos.

Estava orgulhoso da primeira ficha, do primeiro anjo. A Elyza, que queria virar Anna.

Veja a ficha completa:

ANNA ARGENTINA

Nome verdadeiro: Elyza Kuertner
Pai: Rudolph Kuertner
Mãe: Amália Calderon Kuertner
Natural de: Florianópolis (SC)
Data de nascimento: 12/03/67
Altura: 1,80 m
Peso: 69 kg (diz que vai emagrecer)

FICHA TÉCNICA

Religião:
Escolaridade: Primeiro grau completo.
Já foi presa? Não.
Perda da virgindade: Aos 13 anos, com um vizinho japonês. Tem boas lembranças.

Tem orgasmo? Sim, quase sempre.
Vaginal ou clitoriano? Clitoriano.
Especialidade: Conchita boluda. Não adianta tentar explicar. Só mesmo fazendo.
Costuma ter quantas relações por semana? Umas quatro. Em época de Copa do Mundo, Libertadores ou Olimpíadas, trabalha o triplo. Adora esportes, tarada por futebol, torce para o Avaí, de Florianópolis.
Qual o último filme que viu? *Três Solteirões e um Bebê*, na TV.
Qual o último livro que leu? *Astrologia em Linguagem Moderna*, de Richard Vaughan.
Tem marcas de nascença ou cicatrizes? Não.
Raspa? Depende da fase.
Em que forma? Diabinho.
Tem marca de biquíni? Sim.

No verso da ficha da Anna Argentina (ex-Elyza Kuertner), as primeiras anotações de Badaró sobre o primeiro anjo:

Anna foi o primeiro anjo que recebi da Diana. Vinha de Santa Catarina, inocente, pura e nada besta. Lembro até hoje dos tensos momentos antes de começarmos as "aulas práticas". Anna nadava de um lado para o outro na piscina do flat, eu fissurado naquela juventude toda. Ela me dizia que adorava piscina aquecida.

Lembrei do Bonciani, um grande professor da faculdade de medicina, que costumava fechar suas aulas de neurologia com a seguinte frase:

— Mas eu trocava toda a cultura ocidental por uma nadadora olímpica.

Pois nesse dia eu estava bem naquele momento de transição, saindo do meu emprego, deixando o trabalho relacionado aos anos de estudo, para cair nos braços daquela nadadora. Não era olímpica, mas catarinense. Bem, trocar a companhia de seguros também não era exatamente trocar a cultura ocidental...

O único problema da Anna não foi na cama, mas na mesa. A moça tropeçava nos plurais, dava garrafadas nos gerúndios, cortava os verbos em picadinho. E não tinha jeito. Tentei, por mais de um mês, colocar tudo na cabeça dela, mas não deu. Uma noite, dormindo, ela começou a falar em castelhano. Um espanhol perfeito, com sotaque portenho e tudo.

No dia seguinte me disse que passava todas as férias na Argentina. Terra de su madre, onde moravam tias, primos e primas. Decidimos então que ela seria Anna Argentina. Isso ia pegar bem. E o primeiro anúncio classificado dela estava nos jornais de São Paulo:

Anna Argentina — 18 anitos,
tu momento és el mio, besos,
pasion y mucho más. Lo q. queiras.

Não foi fácil para o Capella entrar no mundo da Internet.

— Isso aqui se chama mouse. Porque parece um...

Foi a primeira das centenas de vezes que o Capella pensou em matar o Gatão. Cortou a frase dele.

— Isso eu sei, Gatão!!! Porra...

Com o pescoço meio esticado atrás dos dois, a Cláudia também prestava atenção na aula. Bisbilhotava, atenta, curiosa. Pensando bem, era mais a Lurdes de Fátima quem estava ali. Só faltava uma lupa na mão porque, para surpresa dos dois, fumava um cachimbo.

— Presta atenção, Gatão. Presta atenção! Pra começar, eu preciso saber de duas coisas. Como é que eu ligo esse troço. E como é que eu faço para ler o que está escrito aqui nessa porrada de disquetes. Sem que você veja.

O Gatão pediu uísque. O cara bebia. Profissional. E continuava a aula:

— Uma coisa que vocês têm que aprender, de cara, é o seguinte: computador e álcool não combinam. Por mais inteligente que ele seja, tem um grave defeito: não deduz. Computador não deduz. Coloca isso na cabeça. Se você for escrever um e-mail e, no lugar de arroba, colocar 15 quilos, não pense que ele vai deduzir que 15 quilos é igual a uma arroba.

Os dois acharam que o moleque estava gozando com a cara deles.

— E quanto a esse negócio aí do disquete, não dá para eu ensinar e ir embora. E se não entrar logo? O computador não vai saber que eu não estou mais aqui. E você pode, sem querer, deletar tudo.

Foi a Cláudia quem conseguiu ser mais rápida:

— De... o quê?

— Deletar, dona Cláudia. Apagar tudo. Sumir todas as letrinhas. Apagar.

— E por que não chama apagar?

— Porque vem do inglês delete. Estão prontos? Podemos inicializar?

— Deve querer dizer iniciar, né?

— Isso.

— Deve vir do latim. Gatão, não dá mesmo para você só explicar? Parar de viajar um pouco?

— Presta atenção, então.

Prestaram.

— Aperta aqui para ligar e inicializar.

Cláudia com um caderninho na mão:

— Dá pra repetir? Quero anotar aqui. Apertar onde? Só dá um empurrãozinho ou deixa carcado?

— Aqui, dona Cláudia. Onde está escrito power. De leve, o bicho é sensível.

— Power, poder, força, luz!!!

— Isso.

— Po-wer.

A coisa estava demorada, não rolava nada, não aparecia nada na tela.

— E agora? Onde aperta?

— Calma, Capella, tem que esperar o monitor ficar cheio. Olha lá, os ícones aparecendo.

— Os o quê? Ícone? Mas isso aí chama ícone?

— Ícone, todos esses, ó.

Baixou o lado cristão dela. Agora era a Cláudia:

— Gatão, ícone é a designação dada na Igreja Cristã Oriental Ortodoxa às imagens pintadas que representam Cristo, a Virgem e os santos.

— É mesmo?

— Arte bizantina, viu?

A Cláudia ia perder a paciência. Capella estava sentindo. O negócio era demorado. Para Capella:

— Monitor é a televisão, bem. Olha os ícones. Que blasfêmia, meu Deus! Ícones, vê se pode!

— Não tinha uma televisão mais rápida, não?

— Esse é bom. 64 megas.

— Sei, 64 megas. Viu, Cidão? 64 megas!

— É mega pra caralho, Gatão. E no que consiste um mega? Quantas arrobas tem um mega?

Também não foi fácil para o Badaró entrar no mundo da Internet.

Mesmo porque a Internet estava apenas começando. Isso foi há cinco anos. E, mesmo porque, quem estava ensinando era a Naretta. A senhora Naretta.

Ozanan Badaró já estava trabalhando (mesa e cama) há cinco anos com a Diana. Já havia comprado — dizem — a fazenda do Mato Grosso do Sul, perto de Aquidauana. Em pleno Pantanal. Fazia excursões com políticos e empresários paulistanos para lá. E os anjos, é claro. Como o diabo gostava, diziam os tais homens da confiança dele.

Foi mais ou menos nessa época que a Elyza tinha ido embora. Ele estava de corpo e alma nos negócios.

O Badaró, sem querer, pouco a pouco, começou a também agenciar as meninas. Fazer bicos (cor-de-rosa) por fora.

Sempre tinha um sujeito que passava por cima da Diana e ia tratar diretamente com ele.

— Quero dez cinco estrelas! Fim-de-semana em Santiago do Chile.

Ou seja, de certa maneira, o Badaró estava passando a perna na sua mentora, tutora e agora muito pouco freqüentadora da sua cama. E, é claro que a Diana estava percebendo que a criatura estava pegando plenos poderes. O Badaró, ela ia percebendo, já estava quase com um negócio paralelo.

Foi quando ele começou a olhar os jornais. Olhar mais precisamente para os classificados de garotas de programa. Percebeu que ali havia muita coisa malfeita, mal escrita. Que o marketing das meninas era muito primário. Resolveu ele mesmo redigir aqueles textos. Ele mesmo agenciar a colocação nos jornais de São Paulo.

E, quando ele precisou aprender a usar um computador, a Naretta entrou no negócio e nessa história. Ela tinha 30 anos. Estamos em 95.

Por sorte dela — ou fatalidade — havia no jornal um anúncio da firma de informática onde era a sócia. Foi o nome da firma que chamou a atenção do Badaró.

A sorte é que o anúncio, de uns dez por dez, estava na página ao lado dos classificados das meninas. Era como se o destino o tivesse colocado ali. E o nome da firma, eu dizia. Da firma da Naretta:

— Angel Internet.

Foi um passo. Era muita coincidência.

Na manhã seguinte a senhora Naretta era anunciada da portaria.

— Manda subir.

Jamais, em tempo algum, o Badaró, que já havia falado duas vezes com aquela voz, por telefone, poderia imaginar de onde saía aquele som quase gutural. A senhora Naretta entrou. E entrou pra ficar.

VALE ESSE

Ontem eu fiz a maior cagada da minha vida. Fui na casa da Elyza. No apartamento dela. Eu havia bebido um pouco. Eram problemas demais na minha cabeça. A Diana, a Naretta. E a Elyza. Talvez, de uma certa maneira, eu quisesse afastar a Elyza de mim e do meu mundo. Para encontrar depois, quando tudo estivesse mais calmo. Não sei.

Começamos a conversar dentro da maior normalidade.

De repente, comecei a teorizar. E sempre que a gente teoriza, teoriza sobre merdas. Foi isso, falei merda! E me fudi.

— Eu sou um bosta, Elyza.

Comecei assim. Não poderia acabar de outra maneira.

— Vai começar de novo com esse discurso, Badá? Tenha a santa paciência...

— Não adianta, Elyza. Eu não confio, eu não acredito. Eu não consigo colocar na minha cabeça como é que uma menina da sua idade pode estar apaixonada por mim. Não acredito. Aí desconfio, pinta o ciúme.

— Toma um banho, toma. Que essa febre logo esfria.

Eu cambaleava, me lembro:

— Como é que uma menina assim, assim gostosa, com essa puta cabeça, pode gostar de mim? Sou um sexagenário!!! Quase.

E dava porrada na mesa repetindo sexagenário!, sexagenário!

Ela ainda mantinha uma certa tranqüilidade:

— Sabe por que isso? Por que é que você não acredita que eu possa te adorar como adoro? Porque eu era anjo, eu era puta! É isso. Um homem de Albuquerque não pode ser amado por uma puta. Acha que ela continua dando pra todo mundo. Essa é a verdade.

Bateu a porta, entrando no quarto.

E o babaca aqui foi atrás, com o copo na mão:

— É isso mesmo! Ou melhor, sei lá. E quer saber? Foda-se.

Ela ainda gritou — chorando — lá de dentro:

— Burro! Burro, eu te adoro, você fica falando merda! Some! Some daqui, pelo amor de Deus!

Ela abriu a porta e me deu uma porrada. De mão fechada.

Doeu e eu fui embora, certo que era aquilo mesmo que eu deveria ter dito.

No dia seguinte, sóbrio, voltei lá. O porteiro me entregou um envelope.

— A dona Elyza mandou entregar isso para o senhor.

Um envelope.

Um texto e as chaves.

"Tudo o que você me ensinou eu aprendi, Pigmaleão. Só que eu não tenho paciência de te ensinar tudo o que você me ensinou. Você tem a capacidade de colocar sujeirinha nos olhos da gente. E a tranqüilidade para colocar, depois, o colírio. Só que, desta vez, não vai mais ter colírio. Vou para os Estados Unidos. E não tente me procurar porque aquilo lá é grande pra caralho!"

Muito macho, não chorei. Mas devia.

cinco

badaró: um site que pintou hoje
capella: lá tem um troço chamado chat

O casal Capella estava exausto. A primeira aula, uma pedrada. Eles só não conseguiam entender quando é que devia clicar uma ou duas vezes em cima do ícone. Tinha hora que era uma vez, tinha hora que eram duas. O Gatão não explicou isso muito bem, não.

E o Gatão confirmou. No computador do Badaró, que agora estava com a Naretta, tinha tudo lá. E disse mais: que ela poderia ter mexido nos disquetes antes de passar para ele. Mas, para o Gatão saber disso, deveria abrir os disquetes e ir em propriedades no mínimo. Trilha por trilha, setor por setor.

— Propriedades? (pensou nas fazendas)

Naquela noite Capella ficou com a Lurdes de Fátima pela primeira vez. A detetiva sabia das coisas. Inclusive o que fazer com aquele bundão.

Aquele bundão que, naquele momento, cabia dentro de um biquíni de bolinha amarelinha.

— Lurdes, existe a palavra detetiva?

— Vou investigar.

E o afogou de novo com seus seios, investigando partes nunca dantes navegadas do velho jornalista.

Era rápida a dona Naretta. Logo entendeu do que se tratava e foi propondo ao Badaró fazer um site, imediatamente.

O Badaró achou que fazer um site era fazer algum tipo de sacanagem que ele ainda não conhecia. Pelo nome, parecia ser uma coisa boa. Site! E fazer um site com um mulherão daquele tamanho ia ser um puta site. Mas não deu bandeira.

— Fazer um site? Nós dois? Fazer um site? Juntos? Quando?

Ela sentia que ia ganhar dinheiro ali com aquele proxeneta.

— Juntos, claro. O senhor não vai conseguir fazer um site sozinho. Precisa ter muita experiência.

— Por favor, senhor, não. Badaró. Olha como soa bem: Badaró! Sou tataraneto do Líbero, sabia (mentira)?

— Líbero? O da rua?

— Grande italiano. Líbero Badaró: Líbero Badaró. Italiano. Era médico e jornalista. Mas radicado no Brasil. Em 1829 fundou um jornalzinho chamado O Observador Constitucional *que...*

Ela cortou, porque viu que a coisa ia longe.

— Mas eu estava dizendo que não dá para você fazer o site sozinho.

— Claro, claro. Vamos fazer juntos, então. Será um prazer.

O Badaró deu uma pausa e perguntou:

— Podemos fazer este site aqui mesmo? Aqui no meu flat?

Ela não entendeu.

— Melhor na minha casa. Tenho as ferramentas lá.

O Badaró ficou excitado. A moça era sadomasoquista. Ia ser um site e tanto. Começou a imaginar as ferramentas da Naretta.

— Vamos abrir logo o jogo. Eu topo o site, mas tem que ser hoje mesmo. Acho que não podemos deixar pra amanhã um site que pintou hoje. Não podemos perder o clima.

Ela não entendeu, mas negócio é negócio, topou ir para a casa dela, naquela tarde mesmo, e perguntou:

— Você vai pôr tudo no site, Badaró?

— Tudo, tudo. Tudo o que eu tenho direito.

Foram para a casa da Naretta e fizeram não um site, mas amor. Dias depois, quando o Badaró entendeu o que era um site, contou tudo para ela. E aí, sim, depois de rirem muito, já como namorados, começaram a pensar em fazer o site. O site dos Anjos de Badaró, feito pela Angel Internet.

VALE ESSE

Neste dia, o primeiro que eu dormi com a Naretta, não senti nem remorso nem culpa em relação à Diana. Enquanto transava com a moça da Internet, me veio à cabeça e com muita força a figura da Elyza. E não era apenas porque as duas eram altas. É que eu achava — nessa idade, que idiotice — que estava traindo não a Diana, mas a Elyza. Nenhuma das três nunca ficou sabendo disso. Sabendo que a Elyza — que agora estava tão longe — pudesse ainda estar na minha cabeça.

É estranho isso. Amar — mesmo à minha maneira — uma mulher 30 anos mais nova, a Elyza. A gente se via pouco, mas era forte. E não era mais o corpo dela que eu amava. Era a cabeça. Ela havia tomado seu rumo, eu continuava aqui, cuidando de centenas de anjos. Poucas vezes a gente tem se encontrado. Mas é sempre muito forte. De vez em quando ela me manda um telegrama: a. a. a. a. a. a. Esse a. é de adoro, adoro, adoro. Não sei até que ponto ela sente por mim o mesmo que eu por ela. Nunca nos comprometemos, nunca nos esquecemos. Onde andará ela agora? Estados Unidos? Um dia ela me disse que ia se casar para parar com essa coisa que sentia por mim. Ela sempre me disse coisas. Adorava dizer coisas. Uma das que mais me marcou foi um dia que eu perguntei para ela por que a gente não ficava junto pra valer. Se era o problema da diferença da idade. E ela me disse:

— Não, Badá. É que eu penso no depois. Se a gente ficar junto e nunca acabar, tudo bem. Mas e se um dia terminar? Onde é que eu vou arrumar outra cabeça feito a sua? Assim, fascinante? Eu te adoro. E é por isso que não vai dar certo. Você consegue entender isso? Entender eu fugindo desse jeito?

Agora ele estava ali, deitado, pensando na sua mulher. Não naquela que sempre dormiu ao seu lado. Mas naquela que, depois de 40 anos, vem a conhecer só hoje. Esta ele vê o corpo. E a cabeça.

Pensava:

"Uma vez um amigo — isso há muitos anos — me disse que a mulher da gente, a esposa, é a nossa testemunha. E agora, mais do que nunca, ainda ouvindo lá da sala o som da trilha sonora de uma telenovela dos anos 70, sinto, sei que tenho uma testemunha.

E, olhando para ela, penso na Naretta. Não como mulher, pois sei das minhas limitações nessa área.

Penso nela também com a estranha insistência em me ensinar informática.

E penso na Miriam. A Naretta deve saber quem é a Miriam... Será?

Por outro lado, penso que estou mentindo para mim mesmo quando digo que não penso nela como mulher. Não é que eu não pense. É mesmo impossível para qualquer ser humano normal, lúcido, olhar para ela e não pensar uma série de coisas. Coisas boas. Mas eu não quero pensar. Não quero. Não devo. Ela não é a minha testemunha. E, se for, vai ser testemunha de acusação.

Penso também no Gatão, e até que ponto eu posso confiar nele. E mais: por que o Badaró me pediu para arrumar emprego para o menino?"

A Diana estava percebendo tudo. Aquela moça da informática, a tal da senhora Naretta, entrara com todos os seus bits and breast na história do Badaró e, conseqüentemente, na dela. A Elyza ela não ligava. Sabia que era amor, paixão. Não era comercial.

Não sabia, naquele momento — e isso foi há cinco anos —, se abria o jogo com o seu funcionário e quase sócio, ou se esperava que ele viesse falar com ela.

Diana estava perdendo o seu espaço na cama e nos negócios.

O Badaró alardeava ao mundo sua paixão, amor à primeira vista, essas bobagens que batem num homem de 58 anos quando encontra um corpo com um metro e oitenta e dois, com apenas 31 anos de uso. E ela também se apaixonara, essas bobagens que batem numa mulher de 31 anos quando encontra uma cabeça de 58 anos, muito bem usada.

Pouco a pouco, ele foi descobrindo também a cabeça daquela menina, e ela, o corpo dele. Mas ele nunca se entregaria totalmente. A Elyza estava longe, por culpa dele, ele sempre pensava. No fundo ele pensava que ela poderia voltar um dia.

Foi quando a Diana entrou no seu flat, atirou-se na poltrona, meteu o pé na mesinha de centro, derrubando a coleção dele da Playboy *francesa e belga.*

Diana havia cortado seus longos cabelos negros. Badaró pensou em desviar o assunto por aí.

— Cortou o cabelo? Quase não te reconheci. Ficou bom.

— Sabe a velhinha do 43? Ela faz peruca. Vende peruca. Dei os meus cabelos para ela.

— Aquela velhinha, é?

Mas Diana não estava mesmo a fim de falar dos seus cabelos.

— O que é que está acontecendo, doutor Ozanan Badaró?

Lá da sala, do detetivesco gravadorzinho da Lurdes, vinha o som da música "Neurastênico". Só para contrariar.

Dormiu.

A campainha tocava insistentemente. Quer irritar o Capella é tocar a campainha desse jeito.

Àquela hora da manhã, assim, de supetão, sem aviso prévio?

Faltava luz no hall, o Capella só via a silhueta de uma mulher e de um homem. O homem se aproximou mais. Era o porteiro. E Capella esperava que ele tivesse notado que não havia luz ali.

Era uma mulher baixinha, bem baixinha. Magra, muito magra. Com a claridade que vinha do apartamento, ele foi caindo na realidade. Cabelos pintados de um azul celeste. As raízes brancas e aquele azul davam, à cabeça dela, um ar de abóbada celeste.

O porteiro, uma mala e ela. Grande, a mala. Isso era o mais grave: a mulher chegara com a mala. A velhinha estava chegando — justo neste momento da vida dele —, chegando para ficar.

O nome da velhinha é dona Blanche. Neta de franceses.

— Me dá um trago que eu estou caidaça!

Foi a primeira frase dela. E seria a segunda, a terceira.

Dona Blanche é a mãe da Cláudia. Sogra dele, quer queira, quer não queira. Mora no interior, numa cidadezinha chamada Guaiçara, perto de Albuquerque.

Não lhe faltava mais nada. Nada. Aquela velhinha era um vulcão.

Aquela senhorinha, pelo tamanho da mala, ia dar trabalho. Muito trabalho. Definitivamente, Deus não existia.

Pelo jeito que a Diana colocou o problema, Badaró percebeu que ali, naquele momento, poderia estar começando uma guerra. Das bravas. Uma disputa por todos aqueles anjos.

Diana tinha perguntado "o que é que está acontecendo, doutor Ozanan Badaró?". Ter usado o doutor — ostensivamente — já era uma declaração de guerra. O nome inteiro, então, significava que não seria uma guerra santa, envolvendo apenas anjos e trombetas. As armas seriam outras.

O Badaró tentou pegar leve, rodear.

— Diana. A coisa cresceu. Temos que nos informatizar. Só isso. A concorrência está fazendo isso. Até na Pizzaria da Rô já estão com computador.

— Informatizar é uma coisa! A Elyza é outra coisa! Mas essa tal de Naretta, essa putinha de luxo, mandar um boy — um boy! — pegar as fichas das meninas lá em casa, é outra. Muito diferente. Quem é que manda nessa merda toda?

Esticou uma fileira de cocaína na mesinha de vidro, olhando para a cara do Badaró. Esperando uma palavra dele. Tirou a carga da Bic e mandou ver. Com um meneio de cabeça ofereceu o tubo.

Ele topou. Queria ganhar tempo. E umazinha, de vez em quando, não faz mal a ninguém. Isso, sob o ponto de vista dele como agenciador de meninas e não como médico.

— A coisa cresceu...

Ela mandou mais duas, de uma só vez.

— Ou ela ou eu!

Carregou a Bic novamente, tirou a raspa da mesa com a ponta do indicador, passou na gengiva e saiu. Da porta, ainda disse:

— Falo com você de noite.

Ainda era muito cedo. Ele teria o dia inteiro para resolver.

Precisava, antes, falar com a Naretta, de quem já era sócio na Angel e nos classificados dos anjos.

Naquele momento, para eles, a Diana era o demo.

Mãe e filha tomavam o café da manhã, juntas. O genro, mais afastado, na poltrona, tentava ler o jornal. Um olho no Covas, um olho no ovo do Serra e uma orelha na dona Blanche. Uma matraca. Uma metralhadora mística.

— Senti, minha filha. Sabe vibração? Senti que vocês estavam em perigo, precisando de mim. Estão cheios de problemas! Estão ou não estão? Fui na mulher, aquela, você sabe, ela jogou as pedrinhas. Bateu. Tudo em cima. Ela não falha. Sabe quem saiu do Rio de Janeiro para ir se consultar com ela, outro dia? Nem te conto, menina. O Brizola! Ele mesmo. Sei que você não está acreditando. Deixa pra lá. Voltemos. Imediatamente fiz a mala. E aqui estou. Abre o jogo, aí! Qual é o bode?

Sentiu a velhinha? Chegada em mãe-de-santo, leituras de mão e gíria jovem. Jovem, de uns 20 anos atrás, quando ela estava com 60 e desencaminhou um garoto de 18 e teve que se mudar de Albuquerque para não ser linchada. Quem diria, aquela ex-professora de física, aposentada, fazer o que ela fez com o filho do delegado Coqueiro dentro de um fusca 67.

— Mas, mãe... A senhora poderia ao menos ter avisado.

Com a boquinha miúda cheia de pão:

— Pra quê? Pra você não me deixar vir? Fui pra estrada e peguei uma carona. Muito simpático o Edgar. Me trouxe até aqui. E foi uma luta para o caminhão fazer aquela curva ali da esquina. (olhando para o genro) Nesta casa só tem café e leite, é? Ninguém mais bebe aqui?

— Dona Blanche, são dez da manhã.

— Só pra relaxar, meu filho.

Ela viu o computador.

— Mas que novidade é essa? Vamos, menino, o conhaque. Quer dizer que se renderam, finalmente, ao computador? (examinando) Interessante, a placa PC é compatível com televisão? É Pentium ou AMD? A placa-mãe tem tudo on board? Modem de 56600? Quantos megas?

Boquiabertos, se olharam.

— Quinze arrobas!

— Como, meu filho?

— Nada não, dona Blanche. Nada, não.

"Claro, eu deveria ter imaginado que a doida já devia estar — e há muito tempo — caçando garotinhos pela Internet. Me disseram que tem lá um troço chamado chat que é pra isso mesmo. Para uma velhinha, como este exemplar que tenho aqui na minha frente, mentir que tem 20 anos, o peito da Feiticeira e a bundinha da Tiazinha. Até fotos arrumam. Dizem que tem muita velhinha tarada rodando aí pela Internet, usando seios e bundas alheias. Claro, a velhinha devia entender muito daquilo."

— Precisamos mudar esse active desktop. Colocar o solitaire na área de trabalho.

Ia, ia dar muito trabalho.

— A senhora não quer dormir um pouco, mamãe? A viagem de caminhão deve ter deixado a senhora bem cansada, não é mesmo?

— Pela última vez. Tem conhaque nesta casa ou não tem?, porra! E quem é o viado que anda fumando cachimbo aqui?

A filha mesma respondeu:

— É uma amiga nossa, a Lurdes de Fátima.

— Lurdes de Fátima? Isso lá é nome que se apresente? Que blasfêmia!

Badaró expôs o problema para a Naretta. Nem era necessário. Ela já sabia que o confronto Badaró/Diana ia pintar. E sabia, óbvio, que ela era o pivô.

— E o que você vai fazer? — ela perguntou, sondando.

— O que você acha?

Era hora de decisão.

— Hoje, o que ela representa para você?

— Não é por aí, Naretta.

— Então por que pediu a minha opinião?

O Badaró sentiu que a Naretta estava tensa.

Talvez ela já soubesse o que fazer com a Diana, naquele domingo, enquanto conversavam na piscina do flat. Eram duas da manhã, um calor insuportável, e só os dois lá em cima. Nus. Boiando.

E a Naretta, por seu lado, sabia que o Badaró, qualquer que fosse o plano que ele tivesse na cabeça, estava querendo não o palpite de uma sócia, nem o de uma namorada. Mas o de uma cúmplice. Eles estavam metidos naquilo até a morte. Até a morte de alguém.

Ela cutucou:

— Atualmente você precisa dela para o quê?

Ele media as palavras, brincava com a água morna.

— Tudo que eu tenho, Naretta, começou ali.

Ela, dando uma lambida nas costas dele:

— Antes que você diga "devo tudo a ela", te pergunto: ela é perigosa?

Badaró encheu a boca de água e soprou para cima.

— Naretta, eu estou pensando numa solução pacífica! Vamos com calma!

Ela mordiscou os lábios dele, com um delicioso hálito de gim:

— E você sabe se ela está esperando uma solução pacífica? Será que ela não está armando os pauzinhos lá com os delegados amigos dela?

O Badaró percebeu que ela estava começando a jogar pesado.

— Abre o jogo, Naretta.

Ela saiu da piscina e se enrolou numa toalha. Ele foi até a borda e ficou com os braços apoiados para fora, igual filme americano com piscina.

— Me passa o gim.

Um bom, um delicioso gole. Deixou uma pedra na boca. Bom.

— Hein? Abre o jogo.

Ela, enxugando aquelas pernas, muito calma, ciente de que aqueles eram momentos decisivos.

— Primeiro oferece um dinheiro. Um dinheiro e participação nos lucros da nossa — nossa, minha e sua — sociedade por dois anos. Três, no máximo.

Ele beijou os pés dela, passou a língua entre os dedos molhados:

— Um ano e não se fala mais nisso. E se ela não topar? Se o negócio dela não for a grana?

Naretta caminha até a borda do prédio. Olha para baixo. Dezenove andares.

— Eu te diria que esse prédio é muito alto...

Sentou-se, dobrou a perna, pegou um cigarro.

Badaró mergulhou. Não queria olhar lá para baixo.

Naretta olhou lá para baixo. Durante um bom tempo.

seis

badaró: aquela mulher parecia não ter limites
capella: o badaró já havia lhe falado de uma elyza

No dia seguinte, numa segunda-feira com muita chuva, algo passou pelas janelas laterais do prédio do Badaró.

Um volume rápido, inesperado. O barulho do baque foi de um saco de café jogado do décimo nono andar. Um barulho seco, abafado, curto.

Quem olhou pela janela viu o corpo da Diana estendido na laje da entrada, com um braço — o esquerdo — dependurado, como se apontando para a placa de proibido estacionar. E quem morava nos andares mais baixos e chegou à janela viu a água da chuva dissolvendo o que era vermelho.

Neste exato momento, Badaró e Naretta estavam no Rio de Janeiro, fechando negócios para o site. E, no hotel, faziam um site oral.

Em São Paulo, chega o resgate e o delegado.

Perto do corpo, chorando compulsivamente, estava agachada a velhinha do 43. E ninguém poderia imaginar por que ela fazia aquilo.

Mas ninguém se preocupou com aquilo, porque a velhinha do 43 era mesmo muito estranha. E calada.

E calada voltou para o 43.

Naretta, ao entrar na sala do Badaró, no prateado escritório do edifício da Dacon, viu Takashi sentado na cadeira de encosto alto do ex-marido. Quase despachando.

— Você não acha que é muito cedo para se sentar aí?

Takashi estava acintoso.

— Só para experimentar. Por quê? Você tem certeza que essa cadeira é sua?

Levanta-se e vai até a janela de vidro. Fica observando um helicóptero chegando ao terraço.

— Naretta, está tudo parado aqui. Alguém tem que tocar os negócios.

Naretta e Takashi, depois de tomarem em conjunto uma série de providências da holding, conversavam sobre a morte do Badaró.

Takashi ficou inquieto.

— O que foi?

— Nada. Só estava pensando. (e mudou de assunto) Estou mais preocupado é com a abertura do testamento.

— Se fosse só você, a gente dava um jeito.

Testemunhas afirmaram — mesmo sem serem perguntadas — ali, enquanto o Corpo de Bombeiros fazia o serviço de resgate, que viram com esses olhos que a terra um dia há de comer, que viram que ela, a Diana, foi empurrada lá de cima.

Mas o barman da piscina disse com firmeza que ela saiu sozinha do elevador. Disso ele tem certeza. Era uma bicha imensa, chorando pra valer enquanto um bombeiro fechava os olhos da Diana para sempre.

O delegado pedia para um cabo arrolar todo mundo.

Claro que, além das testemunhas oculares da morte de Diana, o delegado quis ouvir também o Badaró e a Naretta. Sócios. Suspeitos. O álibi era bom, perfeito. Estavam no Rio. Tinham testemunhas. E quando um álibi é muito perfeito, desconfia-se. Mas Badaró e Naretta estavam muito tranqüilos. E sentidos com a morte da cafetina.

As testemunhas oculares juraram que viram o empurra-empurra lá em cima. Mas nenhuma delas conseguiu dizer se era um homem ou uma mulher quem estava lá com a Diana na hora da queda.

Era um vulto. E vulto não tem sexo.

Os seis estavam na sala de reunião do advogado encarregado do testamento.

O testamenteiro fez uma longa explanação sobre o tipo jurídico daquele testamento, da sua legalidade e muitos etecéteras. Tudo isso só fazia aumentar a ansiedade de todos.

Naretta tinha certeza que tudo ia mesmo para Paris. Tudo, não. Mas o grosso sim. "Praquela grossa!"

O Takashi era o braço direito. Badaró não ia se esquecer totalmente dele.

Capella e Cláudia mantinham a esperança não de herdar tudo, mas Badaró não iria se esquecer deles. Mais de 50 anos de amizade. Pelo menos um flat. Dois, vá lá.

O advogado — sem pressa nenhuma, como sempre ocorre nesses casos — leu detalhadamente todos os bens que o Badaró acumulara nos dez anos explorando seus anjos. E era mais, muito mais do que todos ali poderiam desconfiar. Só o site Os Anjos de Badaró estava estipulado em dois milhões de dólares. Dólares!

Duas — e não uma — fazendas no Mato Grosso. Papéis valiosos, ações, 12 flats naquele mesmo prédio, a casa no Guarujá (isso a Naretta sabia), um apartamento no Rio de Janeiro e dois em Paris.

Capella foi fazendo as contas na cabeça. Somando tudo, a coisa devia estar perto dos dez milhões de reais. Passava.

O clima estava tenso. Finalmente chegou a hora de dizer a quem ou a quens aquilo tudo pertencia.

E o advogado disse.

Ao dizer o nome da única pessoa que ia herdar aquilo tudo, todos eles se entreolharam incrédulos. E todos fizeram a mesma pergunta para eles mesmos:

— Mas quem é essa tal de Elyza Calderon Kuertner?

Elyza Calderon Kuertner havia herdado tudo.

Tudo!

Apenas Naretta disse baixinho para ela mesma:

— Claro... Filho da puta! Filha da puta!

— Quê?

— Nada.

E todos ficaram ali tão absortos na abertura do testamento que ninguém observou aquela figurinha sentada lá na sala de espera, filando a leitura pelo vão da porta. Miriam, o Anjo do Velório.

O depoimento do Sr. Reinaldo Correia de Morais, o barman, foi muito firme. Ele garantia ao delegado que a dona Diana havia saído sozinha do elevador ao chegar no décimo nono.

— Mas temos testemunhos de que ela foi empurrada.

Rei, como gostava de ser chamado, ficou nervoso.

— Eu não estou dizendo se ela foi empurrada ou não. Estou dizendo que ela chegou sozinha no décimo nono andar. (mais calmo) Depois ouvi a gritaria lá embaixo. Entendeu? Não estou dizendo se ela pulou ou não. Foi fora da minha vista. Meus olhos não fazem curvas. Não sou um periscópio. Só estou dizendo que ela chegou sozinha.

— Quem mais estava no décimo nono andar?

— Ninguém. Que eu saiba, né? O Carlinhos, que é o garçom que me ajuda, estava no banco. Coitado, voltou completamente encharcado. Eu ainda disse, vai trocar essa roupa senão você vai pegar uma pneumonia... Estava chovendo muito.

— Voltemos, meu senhor, voltemos. Quem mais estava no décimo nono andar?

— Sim, claro. É que ele chegou mesmo muito molhado. Pois é, como eu ia dizendo, o café da manhã já havia terminado e não havia ninguém, é claro, na piscina. Apesar da piscina ser aquecida, as pessoas ficam com medo de nadar na chuva, né?, dizem que pode cair um raio. Eu não sei, nunca vi cair raio na piscina, o senhor já viu?

Rei havia mentido ao delegado. Ele viu quem chegou com a Diana lá em cima. E já estava com uma passagem no bolso para Madri, sua cidade natal. E 20 mil dólares no bolso. Ia, finalmente, montar o seu bar na Espanha.

E o delegado desconfiava mais ainda dele. O elevador lá em cima era exatamente ao lado do balcão do bar, onde ficava o Reinaldo. Se havia mais gente lá em cima na hora do crime, essa pessoa ou essas pessoas passaram pelo bar. Não havia outro acesso. A porta da escada permanecia travada.

Desde o momento que o Capella ouvira aquele nome, Elyza, que a sua cabeça começara a girar páginas, como se ele estivesse virando um álbum de fotografias. O Badaró já havia lhe falado de uma Elyza. Falado de uma maneira especial desta que, agora, é uma milionária.

"Devo confessar que achava que o meu amigo Badaró iria se lembrar de mim ao redigir as suas últimas vontades . Um flatzinho daquele e eu me daria por satisfeito. Mas o cara devia ter seus motivos para deixar tudo para essa Elyza."

Foi quando bateu o olho num anúncio de livro pregado num muro da avenida Brasil que ele se lembrou. Claro, a Elyza, a escritora.

O garçom Reinaldo bateu na porta. James Lins foi atender.

James Lins, amigo de infância de Badaró e Capella, lá de Albuquerque. Homem de um passado que incluía processos, condenações e absolvições. E algumas tentativas de escrever um livro.

James recebeu Rei no seu flat, um andar acima do de Badaró. Rei estava de terno e gravata. Com pressa e afetado.

— Meu amooooor, quer um conselho de amigo? Se manda. Se manda pra bem longe que aquele delegado bofe está convencido que não foi suicídio porra nenhuma.

Mostra a passagem para James:

— Olha isso. Estou embarcando dentro de quatro horas. A merda vai estourar. Vai por mim, lindo.

Rei foi embora jogando beijinhos para James.

James fechou a porta.

James sabia que a encrenca para o lado dele ia explodir. Sabia que precisava sumir. Mas sabia, mais do que nunca, que tinha que resolver negócios com o Badaró e com a Naretta. Queria a parte dele nesse latifúndio sexual.

A idéia de Naretta era deixar James em Portugal ou na Espanha fazendo contatos com sites pornográficos para internacionalizar os negócios. Naretta queria crescer.

Na cama, Badaró olhava o corpo nu de Naretta. Desde a morte de Diana, desde que Naretta mandara James Lins matar Diana, que ele não conseguia se encostar nela. Aquela mulher parecia não ter limites, ele pensava. E começava a ter medo dela.

E, para segurança de todos, Badaró precisava sumir com James Lins. Precisava limpar "a cagada da Naretta", como ele se referia à morte de Diana.

O anúncio na parede falava no novo livro do Milton Hatoun, *Dois Irmãos*. Foi quando Capella se lembrou de uma conversa, no ano passado, com o Badaró. Ele lhe pediu um favor.

Entrou em casa e foi procurar aqueles originais.

— Capella, lembra do filme *My Fair Lady*?

— Claro, com a Audrey Hepburn. Ganhou uma porrada de Oscar. Oito, acho.

— Pois então. A personagem chamava Elyza, lembra? E o meu primeiro anjo também se chamava Elyza. E você sabe, o primeiro anjo a gente nunca esquece. E uma Elyza era muito parecida com a outra. A minha Elyza também falava tudo errado, era pobre. E eu resolvi dar uma de Pigmaleão com ela. Ela falava bem o espanhol. Mãe argentina, ninguém é perfeito.

— Puta filme, texto do Bernard Shaw. Então você resolveu dar uma de Mr. Higgins com a menina? Deu certo?

— Deu. Ela pegou o gosto pela leitura. Começou a ler tudo. Merdas e clássicos. E começou a escrever.

— Onde é que você quer chegar?

— Isso aqui, ó.

Badaró passou um calhamaço para Capella. *Um Crime em Paris*, romance de Elyza Kuertner.

— Pô, Badaró, com esse título, deve ser uma merda.

Badaró pareceu não ter gostado do meu comentário.

— Eu não sou escritor, Cidão. Mas você é. Gosto das suas tentativas de escrever policiais. Eu gostei. Mas dá uma lida profissional. Quem sabe a menina não leva jeito?

— E se eu achar uma merda?

— Eu digo a ela e ela vai cuidar da vida. Mas leia com carinho.

— Badá, me diga uma coisa, e não vale mentir. Você adora essa menina, não é? Nunca te vi falar de uma mulher e ficar com esses olhinhos aí.

— Estou dando bandeira, é? Vou te contar uma coisa, Capella. E não se esqueça disso: se um dia eu amei uma mulher, mas amei mesmo, pra valer, foi essa menina. Ou, para falar um português bem claro. Amei, não. Amo!

— Mas ela não é uma...

Ele me cortou, segurando no meu braço:

— Não!

Na capa, escrito com uma boa letra (Badaró havia ensinado tudo para a menina) o título à mão. *Um Crime em Paris.*

E, embaixo, o melhor de tudo: dois telefones para contato.

Assim que o Capella leu o primeiro capítulo do romance da Elyza, *Um Crime em Paris,* se lembrou dele e dela. Sim, no final de 98, quando o Badaró lhe entregou para opinar, bateu os olhos. Não era de todo mal, mas o Brasil perdera a Copa, aquilo ainda estava na cabeça de todo mundo. Não se lembrava nem se chegou a comentar isso com o Badaró. Mas a menina levava jeito. A herdeira.

Enquanto ele lia o tal primeiro capítulo, Lurdes de Fátima agia.

— Liguei para os dois números.

— E?

— Um não existe mais. Mas a mamãe já está entrando em contato com a Telefônica para saber quando foi vendido, quando mudou de número, essas coisas.

— E o celular?

— Deu sorte. É de uma amiga dela. Rainha Tereza, pode? Puta, né?

— Resolvido, então? Achou a Elyza?

— Não. Presumo que seja de uma amiga dela, pois foi a secretária eletrônica quem atendeu. Dizia mais ou menos assim: "Rainha Tereza, um anjo. O anjo! Deixe seu número, que assim que eu puder serei o seu anjo da guarda." Só pode ser puta, né?

Dona Blanche entra na sala:

— Ou freira! O tal do outro telefone nunca esteve em nome da tal de Elyza. Já mudou o número do telefone, mas o endereço é esse aqui.

Cláudia olhou incrédula para a mãe:

— Mãe, como é que a Telefônica deu essa informação para a senhora?

— Entrei foi na Internet e fucei até achar.

Deu um papelzinho ao genro.

— Aqui, ó. Elyza morava aqui em 94, com certeza.

— Me passa o telefone do celular. Vou marcar um encontro com a Rainha Tereza.

Cláudia entrou na conversa:

— Nem pensar! Nem pensar!

Foi Blanche quem cortou:

— Dona Lurdes de Fátima, isso é um trabalho para Lurdes & Blanche Associadas — Sigilo Absoluto! Você não quer é que o Cidão procure o anjinho do Badaró, né? Tá certa...

Capella olhou o telefone da tal Rainha Tereza. Já havia visto aquele número em algum lugar. Não lhe era estranho. Mas deixou de pensar nisso: era impossível. Uma puta, imagina!

VALE ESSE

Em 94, aluguei um apartamento para a Elyza aqui em São Paulo. Ela já não era mais um anjo do Badaró, como as outras. Queria ir para a França. Nunca entendi muito bem, mas ela tinha medo do nosso caso.

Eu ficava horas beijocando o corpo nu dela, sem pressa nenhuma, achando que tinha todo o tempo do mundo para aquilo. Principalmente as costas. Ficava horas ali, ela gemendo sozinha, dizendo:

— Enquanto você beija as minhas costas eu beijo a sua cabeça.

Devo confessar que eu me sentia meio sem jeito quando a gente saía. Para comer fora, por exemplo. As pessoas olhavam. E deviam pensar: velho tarado! Ela chamava a atenção. Um e oitenta. E ficava se enroscando em mim nos lugares.

Ela não ligava para o que os outros pensassem. Às vezes eu pensava até no padre Orlandi. O que é que ele não iria pensar se me visse com aquela menina. Eu já disse, ela tinha 30 menos do que eu, mas aparentava uns 40.

Acho que foi isso que fez com que a gente não ficasse junto de vez. Era eu que não assumia tudo por causa da idade. Aqueles filhos das putas dos salesianos. Sempre eles. Eu ficava com culpa da minha felicidade.

Badaró e James, de madrugada, lá no alto, na piscina. Bebem. James tranqüilo, no local do crime. Badaró um pouco tenso, com pressa:

— James, somos amigos desde a infância. Que desconfiança é essa?

— Tenho a maior confiança em você. Mas na Naretta, não. Nada. E você, se quer saber a minha opinião, está deixando tudo nas mãos dela. Você conhece essa garota há três anos, cara. Não tem nem certeza se ela é de Goiás mesmo. Prometeu, prometeu, fiz a coisa e agora? Como é que fica? Você toma cuidado com essa mulher, Badá!

— Conheço meu gado, James.

— Tudo bem, o problema é seu.

— O que eu quero que você entenda, James, é que eu não posso transferir agora, a essa hora da madrugada, 20% do meu site para você. Isso leva uns dias.

— Então eu espero, até os papéis estarem prontos.

— Negativo, cara. Você vai se mandar o mais rápido possível. A bicha já está voando. Você voa amanhã. Antes que te intimem. E a sua ficha não é lá essas coisas. Você sabe disso melhor do que eu. Você não é mais primário. E tem mais, não tem curso superior e vai ficar em cela comum. E tem mais, vão te enrabar! Pensa nisso, James.

— Amanhã cedo vamos no cartório.

— Amanhã cedo a gente conversa. E deixa a Naretta de fora disso. Ela fez a cagada. Deixa que eu limpo. Agora é entre nós! E a Naretta não pode saber dessa nossa transação. Isso é um negócio meu e seu. De Albuquerque para Albuquerque. Coisa de irmão.

— Irmão e cúmplice!

— Vá se fuder!

Ele ia ligar para a tal da Rainha Tereza para marcar um encontro — apesar de desaprovado pela Cláudia e muito bem visto pela Lurdes — quando a dona Blanche lhe deu um papel impresso:

— A ficha da Rainha Tereza, diretamente dos disquetes do Badaró:

RAINHA TEREZA
Nome verdadeiro: Miriam Malinowski
Pai: Philip Malinowski
Mãe: Linda da Silva Malinowski
Natural de: Caçador (SC)
Data de nascimento: 13/08/74
Altura: 1,72 m
Peso: 63 kg

FICHA TÉCNICA

Religião: Ex-católica.
Se católica, fez primeira comunhão? Sim.
Com que freqüência vai à missa? Só quando algum cliente pede (alguns gostam de começar a sedução por lá).
Escolaridade: Segundo grau completo.
Já foi presa? Durante cinco anos, num convento.
Se sim, por quê? Porque os pais acreditavam ser essa a vontade de Deus.
Perda da virgindade: Com os dedos (lubrificados com clara de ovo, que as freiras usavam para engomar as roupas), aos 16.
Tem orgasmo? Sim.
Vaginal ou clitoriano? Depende.
Algum preconceito quanto a sexo oral, anal e suas infinitas variações? Nenhum.
Usa drogas? Bebe vinho e toma ecstasy e ácidos.
Com quantos homens já teve relações? Poucos, está há pouco tempo no ofício (desde que deixou o santo ofício pra trás).
E mulheres? Muitas e muitas freiras.
Já fez sexo com mais de uma pessoa? Não.
Usa acessórios? Quais? Quantas vezes? Usa diversos. Os normais de dominação: vibradores, chicotes, espartilhos, roupas de látex, couro, algemas; mais alguns de "sadomasô cristão", como ela se refere: crucifixos vibradores, coroas de cristo penianas, terços-algemas, hóstias afrodisíacas (diz que funciona) e outros cacarecos mais.
Já fez sexo com animais? Não, muito embora usasse alguns vegetais na época do convento, tais como milho, cenoura e banana.
Costuma ter quantas relações por semana? Duas a três.
Doenças infantis: Não lembra.
Doenças venéreas: Nada.
Tem namorado, amante ou marido? Não.
Sabe nadar? Não.
Que esporte pratica? Nenhum.

Fala ou lê alguma língua? Quais? Polonês, latim e inglês.
Navega bem pela Internet? Mais ou menos, está começando.
Qual o último filme que assistiu? *A Última Tentação de Cristo.*
Qual o último livro que leu? *The Petticoat Dominant, or Woman's Revenge*, do mesmo autor de *Gynecocracy.*
Tem marcas de nascença ou cicatrizes? Não.
Raspa os pêlos pubianos? Em que forma? Só se o cliente pedir.
Tem marca de biquíni? Não. Odeia praia.
Já viajou para fora do Brasil? Para Londres.
Tem TPM? Se sim, trabalha nesses dias? Sim, e como!

Conheci a Rainha em uma viagem que fiz à Europa, mais precisamente em Londres, num club sadomasô — ossos do ofício. Achei seu rosto muito marcante e mandei um bilhetinho pelo garçom. Não sabia que ela era brasileira. Sentamos na mesma mesa e começamos a bater papo.

A moça de traços marcantes estava lendo um livro que se chamava nada menos que *Ginecocracia*, de um tal de M. Le Comte du Bouleau. Uma hora depois a Rainha me mostrava, na cama, do que se tratava. Vi que ela tinha potencial. Dominadora, agressiva, não tirou nem por um momento a calça de látex, apenas abrindo um buraquinho que cobria a, segundo o tal M. Le

Comte, poderosa. Lembrei, enquanto fumava o cigarro *post coitum*, do comentário de um velho amigo meu, Marco Antonio, após transar com uma atriz pornô: "Foi mais uma luta do que um carinho." Marcamos um encontro para dois dias depois.

Quando a Rainha chegou no bar, mal reconheci. De Rainha Dominadora tinha se tornado uma delicada menina. Que transformação! Meiga, doce. Até o cabelo era de outra cor. Ninguém poderia imaginar que aquela Miriam se transformava em Rainha Tereza. Quando me contou sua história, entendi melhor.

Filha única no meio de seis irmãos, Rainha nasceu numa colônia de poloneses católicos em Santa Catarina. Teve educação rígida e deveria se tornar freira. Aos 14 anos foi mandada para um convento, onde passou cinco. "Só pensava em sexo." Teve relações com várias noviças e com um monge franciscano que pernoitava no convento uma vez por mês, quando ia comprar os biscoitos de aveia produzidos pelas freiras. "O maior pau que já vi, parece que com a falta de uso ele foi economizando!!!", disse.

Alguns dias por mês, porém, na época da TPM, a jovem noviça sentia coisas horríveis, dores, náuseas e por fim uma maldade, uma vontade sádica incontrolável. Nesses momentos agudos, pensava nas chagas de Cristo e ficava tremendamente excitada. Foi aí que surgiu a Rainha Tereza.

No ano passado conseguiu fugir, roubou o dinheiro do convento, guardado das vendas dos biscoitos de aveia, e se mandou pra Europa, onde estava há cinco meses, quando a conheci naquele club.

Nesses meses Rainha vem juntando dinheiro com a prostituição. Durante boa parte do mês, seu rostinho de ninfeta e corpo adolescente conquistam os clientes, assim, mais convencionais, com o nome de Miriam. Mas na hora H, é a Rainha que atua. Na TPM, inclusive, a Rainha vestese de látex, pega seus instrumentos e se torna uma das melhores dominatrix que eu já conheci.

Convidei Miriam para trabalhar comigo. Ela já conhecia os meus negócios através da Elyza (Anna Argentina), que já a conhecia desde Santa Catarina. E eram muito amigas.

Estava meio confusa a impressão.

— Fiz o que pude — disse a dona Blanche. — É com essa figurinha aí que você vai se encontrar!

Era ela, o anjo loiro. Pegou o cartão de visitas. O número batia!

A verdadeira história de Miriam, que nem o Badaró sabia. Nunca soube e, aliás, ninguém sabia. Mesmo porque, era muito melhor do que a que ele supostamente sabia. Se puta tem história incrível, essa é a mais incrível delas:

Em 1974, o casal de lavradores Philip e Linda Malinowski tem gêmeas: Tereza e Miriam. Segundo a tradição dos cristãos polaco-lubrusianos, em se nascendo gêmeos, um deveria ser dado para Deus, para a Igreja, para a pureza eterna.

Foi assim que Miriam foi entregue a um convento em Santa Catarina, com alguns dias de vida.

Ali cresceu Miriam, sem saber do seu passado e sem conhecer a verdadeira família. As freiras diziam que era um anjo trazido numa carruagem de fogo e purpurina.

Quando Miriam tinha 13 anos, as freiras começaram a abusar dela. Sexualmente falando. Aos 16, um velho e tarado padre tentou — mas não conseguiu — o que ele mesmo dizia, suando: "Vou lhe mostrar a verdade do fogo e da purpurina." Na luta corporal com o indivíduo, dentro do pequeno confessionário, usando um crucifixo, Miriam acabou por matar — acidentalmente — o velho tarado.

Antes de fugir, Miriam foi até a secretaria do convento, mexer nos papéis da sua "adoção", e lá descobriu toda a sua origem. Nomes, endereços.

Vagando pela cidade, descobriu que seus pais haviam falecido, mas a irmã gêmea, a Tereza, vivia em Florianópolis. O demônio a havia dominado. Era uma prostituta, sussurrava-se pela cidade.

Encontraram-se. Uma, o oposto da outra, embora fisicamente idênticas. Miriam contou tudo para Tereza.

Tereza acolheu Miriam. Inicialmente como irmã. Tereza, vendo aquela cara de anjo, aquela meiguice da irmã, resolveu trabalhar junto com ela em troca do silêncio sobre a morte do velho padre, crime que abalara a cidade.

Miriam não tinha outra escolha. Formou-se uma dupla. Uma aliciava e a outra chicoteava.

De Florianópolis para São Paulo, de São Paulo para Londres (Miriam falava várias línguas) e de Londres para os negócios do Badaró.

sete

badaró: você não nasceu para trabalhar de garçonete
capella: a minha vida nunca mais seria a mesma

A vizinha do prédio ao lado, senhora Danielle Nakachima, estava na janela na hora da queda.

Sustentou, ainda traumatizada, em depoimento, que viu um homem lutando com Diana lá em cima e, finalmente, a empurrando.

— A senhora tem certeza que era um homem? Catorze andares acima da senhora? Como a senhora pode afirmar que era um homem?

— Pela voz. Eles estavam discutindo, gritando um com o outro. E a voz era de homem. Com certeza.

Mas não conseguiria fazer um retrato falado dele. Ela estava no quinto andar, e a Diana tentava escapar da morte 14 andares acima.

— O que mais me impressionou, doutor, foi o barulho quando bateu na laje. Eu tenho certeza que nunca na mi-

nha vida eu vou esquecer esse barulho. É um barulho diferente, oco, se é que o senhor me entende. Pou!!! Nunca vou esquecer.

E chorou.

Eram cinco e meia da tarde quando a Elyza, herdeira, saiu do prédio número 41 da rue du Boccador, ali, bem pertinho da avenue Montaigne. A pé se dirigia para a Champs Elysées (ela adora o Elysées, e em Paris ela é Elysá). Ia caminhando pela Montaigne e olhando o chamado supra-sumo da moda. Todas as grandes grifes do mundo estão ali. É a vitrine com metro quadrado mais cara do mundo. *En passant* cumprimentou o porteiro do Athenée, seu conhecido.

Na avenida entrou no buraco da estação Concorde, pegou o metrô e foi até Porte Maillot. Saiu do buraco e entrou no hotel Le Meridien-Etoile. Elyza trabalhava ali, em Paris.

Trabalhava no Centro de Convenções do hotel. Elyza tem hoje 33 anos. Muito bem vividos.

Eram umas quatro da tarde quando aquele corpo molhado foi na direção do telefone que tocava. Passou a toalha rapidamente pelo corpo, jogou no chão e jogou-se nua no sofá.

Vinte e seis anos, aparentando bem menos. Miriam. Ou Rainha Tereza?

— Pra Miriam ou pra Rainha?

Do lado de cá o Capella, que já estava nervoso, atrapalhou-se todo. Esperava um alô. Mas assim, isso é jeito de começar uma conversa, gente? Optou pela Rainha.

— Olha... Rainha, eu só estou ligando... É que... A ficha do...

— H, M ou L?

E essa agora? Como não pagar um mico?

— Como?

— Hotel, motel ou local?

— Ah... Local.

— Aqui ou aí?

O Capella suava. Ele não imaginava que fosse ter que responder tantas perguntas assim. Achava que a transação era mais simples. Um toma lá dá cá. Mas, pelo jeito, parece que ela não ia dando de cara, não. Lá ou aqui? Lá, claro.

"Aqui, as duas trucidam ela."

— Aí...

— É pra já?

Mais essa.

— Pode ser?

— Anota aí o endereço. Trezentos reais, oral incluído sem camisinha. Não faço anal. Pegou caneta? Seu nome?

— ... Campos.

— Anota aí, gostoso!

— Escuta, é só conversa. Entende?

— Sei, só quer olhar, né? Conheço o tipo. Só olhar é 100.

— Não quero olhar nada, é que...

— Que que há, cara? Hein, seu Campos? O que o senhor quer, afinal? O senhor não é vendedor, né? Barsa?

— Não, eu pago. Eu pago. Olha, a gente conversa aí. Me dá o endereço. Daqui a uma hora, pode ser?

O delegado voltou a conversar com Naretta e Badaró, desta vez informalmente, lá em cima, no local do suposto crime. Tomavam uísque. A autoridade notou que o barman não era mais o emplumado Rei. Mas calou-se.

— A pergunta é quase técnica, mas eu tenho que fazer. Com a morte da Diana, o senhor fica com toda a sociedade?

— Veja, doutor, apenas a firma que administra o site é regulamentada. É uma firma. Uma firma que era da Naretta e eu comprei a maioria das ações. A Diana não possuía nada na firma. Posso lhe passar o contrato social, depois.

— E o resto, publicação de anúncios, agenciamento, o consórcio?

— O senhor sabe melhor do que ninguém que essas coisas não se colocam no papel. Se colocam na cama.

Foi Naretta quem disse a frase seguinte:

— Doutor, profissionalmente falando, o suicídio da Diana não nos rendeu nada. Se é isso que o senhor está querendo saber.

Badaró estava sendo sincero:

— Perdi apenas uma amiga. Uma grande amiga.

— E você poderia imaginar um motivo para ela se matar?

Naretta interrompe mais uma vez:

— Ela tinha o vírus! Se matou por causa disso.

Silêncio entre os três. Badaró, quase chorando:

— Coitada... Vou sentir falta dela.

No sinal fechado, Capella ia dando a enésima olhada na ficha da Rainha Tereza. Santa Catarina, 26 anos (será?), um e setenta e dois, segundo grau completo. E, lá na ficha, dizia que ela não tinha preconceito contra sexo anal. Que papo era aquele, então? Não que ele quisesse. Ele não queria nada. Só queria saber da Elyza, ou Anna Argentina. A tal da Miriam sabia latim, polonês e inglês. Devia ser um bom papo. E ele esperava que ela não estivesse de TPM, pois os dados da ficha eram assustadores. Até isso o Badaró colocava nas fichas.

Sim, desde a primeira vez que a viu, imaginou que fosse puta. Mas não com uma ficha daquela.

O sinal abriu; mais 50 metros, viu o prédio. Perdizes. Apesar de todo o passado dela no convento e das heresias que cometia, Capella gostara de um detalhe da ficha: não fazia sexo com mais de uma pessoa. Pensava nisso quando tocou o interfone, disse o apê e o porteiro perguntou, na lata:

— Seu Campos?

Elyza estava no Brasil no dia da missa de sétimo dia pela alma da Diana, mandada rezar por Badaró. Se encontrou com Badaró. Elyza, com 28 anos. Abraçaram-se sentidos. Elyza estava morando nos Estados Unidos, em São Francisco, desde a Copa do Mundo, quando eles tinham terminado tudo. Badaró convidou para o happy hour. Conversar longe do olhar de Naretta, que estava começando a incomodar.

Elyza estava muito abalada com a morte da Diana. Sua vida havia mudado totalmente desde o dia em que ela entrara pela primeira vez naquele flat.

— Foi suicídio mesmo? Ela me parecia uma mulher tão feliz, tão segura.

— Não segurou quando viu o resultado do exame.

— Doença de merda.

— E você? Conte tudo! Vamos falar da vida, não da morte.

Estava feliz, e com uma novidade.

— Você não vai acreditar, mas escrevi um livro. Quer dizer, estou quase acabando.

— Você, menina, que não conseguia fazer um plural?

— My Fair Lady, Elyza... Mister Higgins! Anna Argentina...

— Sabe o que eu queria, que você mostrasse para aquele seu amigo jornalista que escreve policial, sabe?

— O Cidão. O Capella.

— Esse mesmo. É que é meio policial.

E passou o calhamaço para o Badaró. Abriu a pasta.

Um Crime em Paris.

— Mas você conhece Paris?

— Pois é, querendo ir pra lá. Pesquisa, né? Meu sonho, Paris!

De madrugada, na cama, Badaró já estava se apaixonando novamente pelo seu primeiro anjo. Ela já estava dormindo, ele a acordou com beijos nos seios, agora não tão cor-de-rosa como há cinco anos.

Balançava um chaveiro.

— Rue du Boccador, conhece?

— O quê?

— Vai morar lá. Você não nasceu para trabalhar de garçonete em São Francisco. A minha Elyza, não.

— Morar onde? Deixa eu acordar, deixa.

— Paris! Você vai morar no meu apartamento em Paris. Vai voltar a ser a minha Elyza, my fair lady!

Elyza demorou a responder. Pensava, ponderava. Olhava nos olhos de Badaró. Os prós e os contras. Paris. Um Crime em Paris.

O Badaró aguardando, insistiu, temeroso:

— Pegar ou largar... Estou falando sério! É pra valer.

Ela sentou-se na barriga dele, torceu o nariz do velho namorado.

— Dá uns anos da sua vida pra mim. Quero te ver crescer!...

O sorriso que ela abriu era a garantia de dias melhores para os dois.

— Higgins! Te adoro, adoro, adoro!!!

E agradeceu com o que ela possuía de melhor. Seu corpo e seu coração. E na hora de gozar dizia, brincando, frases sem o plural, para maior excitação do mestre e amigo. E sua paixão.

Quando a Miriam abriu a porta para o seu Campos, ele pensou na mesma coisa que o Badaró pensou quando aceitou o emprego da Diana:

"A minha vida nunca mais será a mesma."

Em primeiro lugar, porque foi recebido por uma moça discreta, discretíssima. Tudo bem, o piercing ele entendia, não era tão velho assim. Mas poderia muito bem ser uma filha dele. Era ela. "Será que ela me reconheceu? Será que ela sabe quem sou eu?"

Ele ficou ali, meio estático. Sorriu, ele se lembra que sorriu. E disse, quase trêmulo:

— *Inter amicos non est jeringonça*, já dizia Palito Métrico com seu latim macarrônico.

Ela sorriu e retrucou:

— *Puras Deus, non plenas sapicit manus.*

E Capella entendeu: Deus olha para as mãos puras e não para as mãos cheias.

Ela estendeu a mão e foi puxando o jornalista para dentro. Fechou a porta com três trincos diferentes para espanto e receio de Capella.

— Bebe alguma coisa?

A moça era das dele.

— Uísque... Puro!

Ela foi indo para um balcão na frente de um barzinho de muito bom gosto e ele a acompanhou com o olhar. E a boca seca. Muito seca.

Uma plaquinha na porta:

Direction du Centre de Conférences.

Era ali dentro que Elysá trabalhava. Era assistente do diretor, monsieur Fabrice, um velhinho simpático, do Sul da França, viúvo. Quase um pai para aquela brasileira a quem dera emprego há quase dois anos.

O plano de Elysá era ficar na França até concluir o seu romance *Um Crime em Paris*, e era Fabrice quem traduzia para ela, quando ela resolvia enviar para alguma editora francesa. Fabrice havia trabalhado no Brasil nos anos 70.

Era ali que a nossa herdeira organizava as conferências do hotel Le Meridien, "pour 3 ou pour 300 participants". Era ali que ela levava a sua vida parisiense, sem nenhum luxo, mas com toda a dignidade. E era ali que ela estava neste exato momento passando um fax para a Arábia Saudita, para um grupo que ia chegar, quando a porta se abriu e ele entrou. Ela não gostou da pessoa que viu.

— Já disse para você não me procurar aqui, *d'accord*?

James Lins, que conhecera Elysá ainda no Brasil através do Badaró e sabia de todo o seu passado de garota de programa (ai, se M. Fabrice soubesse), fazia uma certa chantagem com a menina.

— Não me ouviu?

— Precisamos conversar.

Estava de pilequinho, como ele mesmo se autodefinia.

— Não aqui.

E Elysá fechou a porta. Sentou-se e quase roeu as unhas. Sempre que aquele homem aparecia, boa coisa não era. Elysá morria de medo do James Lins.

Na manhã seguinte, Elyza se despedia de Badaró e Naretta. Estava voando naquela noite. Uma coincidência ela estar no Brasil e ler sobre a morte da amiga. "Muita coincidência", pensara a Naretta.

Estavam já nos beijinhos, quando James entra na sala, puto da vida.

— Não foi isso que a gente combinou, porra!

Badaró levanta o dedo para ele:

— Calma, cara. Cumprimente as pessoas. Conhece a Elyza?

James Lins viu Elyza pela primeira vez.

— Uma amiga nossa — e da Diana.

James pegou na mão dela.

— Desculpe a entrada um tanto...

— Fique à vontade. Estava mesmo de saída.

James ficou enfeitiçado, todo amolecido.

Elyza chacoalha o chaveiro para Badaró, gira em torno de um dos pés e sai, distintamente, como se uma fair lady fosse. E ainda coloca as mãos nos ombros de James.

— Indo a Paris... O Badaró sabe o meu endereço. Au revoir.

Evaporou-se pela porta com todo o seu perfume.

Naretta, para Badaró:

— Paris? Ela não estava nos Estados Unidos?

Naretta, para James:

— Nervosinho por que, cheri?

Badaró:

— Quem devia estar puto aqui sou eu. Você já devia estar em Cascais, porra!

Mas o James não ouviu nenhum dos dois. Olhava para a porta por onde havia saído Elyza. Olhava para a porta fechada e imaginava cenas e mais cenas onde ele era o mocinho. Coisas de Albuquerque.

Ao tomar o primeiro gole, Capella já havia chegado à conclusão que não deveria ter ido até a casa da Miriam (ou Rainha?, meu Deus). Principalmente porque o gole desceu gostoso, liso. E quando o primeiro desce assim, vários descerão. Ele mastigava gelo. Ela quebrou o gelo.

— Aprendeu latim, como?

— Colégio Salesiano. Ginásio e científico. Gosto de latim. Você aprendeu no convento, não é? No Sul.

A Miriam, quando falava, cometia um pequeno cacoete de passar a ponta da língua nos dentes de cima, da frente. Era cativante.

— Gosta de Nelson Rodrigues? — foi ela quem perguntou.

— Muito. Um pouco obsceno para o meu gosto.

Ela riu gostoso:

— Obsceno? Você disse obsceno? Pois foi ele quem disse que "Todo casto é um obsceno".

E o silêncio voltou. O que é que ela está querendo dizer com isso, pensava Capella. E por que Nelson Rodrigues assim, sem mais nem menos?

— Como é que você sabe que eu estive num convento?

Capella pegou a ficha do Badaró e estendeu para ela. Ela leu, curiosa. Vez ou outra dizia um "nossa!", um "não acredito que ele colocou isso aqui", tudo isso entrecortado por risos e uma ou outra gargalhada.

— Não sabia que o Badaró fazia fichas assim tão detalhadas. Então é isso, você é, ou melhor, era amigo dele?

"Está fingindo não saber quem eu sou. Deve ser doida."

— Há 50 anos. Quer dizer, uns 30.

Capella se surpreendeu, pela primeira vez na vida, tentando diminuir a idade.

— Seu Campos, vamos ser profissionais. Vamos abrir o jogo. Estou sentindo que o senhor não veio aqui pra nenhum programa. O senhor é casto, não é?

— É verdade. Não que eu seja casto, mas que eu não vim para nenhum programa. Mas pode ficar tranqüila que eu pago a sua hora.

— Dependendo do motivo da visita, é de graça. Mais um uísque?

— Acho que vou aceitar. É a minha marca.

Capella começou a se sentir bem ali, no apartamento da Miriam. Era uma sala discreta, móveis modernos, de bom gosto. Nada ali diria que a tal da Rainha Tereza, pervertida e herege, endemoniada e atéia, era o que era. Deve ser no quarto, imaginava ele, que estão as coisas. O quarto dela deve ser uma sucursal do inferno. Pensava nisso enquanto via —

novamente — Miriam pelas costas. E que costas eram aquelas que ele podia vislumbrar até quase a cintura. Nenhuma espinha, ele notou. Lisinha. E deve ser quente, é onde estava a cabeça dele ao começar a segunda dose.

E Miriam pensava se devia ou não entregar o pacote da Elyza. Ainda não. Ela não sabia se o amigo do Badaró estava atrás da Miriam ou da Tereza, com aquela ficha nas mãos. Era melhor dar um tempo, concluía enquanto enchia o copo do seu Campos.

Cinco dias depois, o barman Reinaldo foi preso pela Interpol em Madri. E confessou tudo. Quem havia saído com a Diana do elevador era o James Lins, há muito conhecido da polícia.

Sem alarde, James Lins foi intimado a comparecer à delegacia.

James Lins, cujo verdadeiro nome era José Augusto Magalhães Esteves Soares, no dia e hora do crime estava em Albuquerque. Pescando com amigos e não chovia, garantiu ao homem. E disse mais, ousado:

— E o delegado de Lins, doutor Antonio Carlos, estava junto.

Realmente, o delegado ligou para o seu colega em Albuquerque e este confirmou a presença de James na pescaria.

James foi embora com um sorriso de vitória. Mas o cara não estava convencido. E estaria menos ainda se soubesse que o delegado Antonio Carlos era irmão de James. E tão bandido quanto ele.

Escritório de Badaró. Os dois, mais Naretta. O James nervoso, tenso:

— É questão de dias, horas talvez. Basta ele descobrir o sobrenome do meu irmão. Mas já disse que não viajo sem a gente acertar toda a grana. Toda, Naretta.

Badaró também estava nervoso.

— Mandei comprar uma passagem só de ida para Lisboa. E aqui tem 15 mil dólares.

— Como 15? Você disse que eram 30, porra! Qualé?

Naretta, a única calma.

— Acontece, José Augusto, que eu disse 30, mas me esqueci — digamos assim — que eu sou sócia dele. Eu não tinha a autorização dele, digamos assim.

Badaró tentava contemporizar:

— Te mando cinco mil todo mês. Durante cinco anos.

A Naretta havia prometido dez. Ele olhou para Naretta, que fez um sinal de meio a meio com as mãos.

— Olha aqui, moça, escuta uma coisa: e você, Badá, é testemunha. Um dia, dona Nara, e não vai demorar muito para chegar esse dia, um dia eu vou te fuder a vida.

Pegou a passagem da mão do Badaró.

Da porta:

— Vou te fuder!!!

Naretta:

— Não é fuder, é foder! Foder! E quer saber de uma coisa: vá se foder!

Não fora Badaró entre os dois...

Quase profissionalmente, Miriam foi até o som e colocou Raul Seixas. "Eu nasci, há dez mil anos atrás."

— Gosta?

Capella já estava gostando de tudo.

— Muito... Muito doido, né?

— Sou vidrada nele. Um brinde ao Rauzito.

Deram um brinde e ela ficou séria.

— Muito bem, seu Campos. Falemos de negócios. Como se diz nos filmes, o que o traz aqui?

Era incrível aquela menina, pensava o Capella. Segundo grau completo, pensou. Mas a rapidez de raciocínio dela... Como é que uma moça dessas, que parece de família, pode levar uma vida assim... tão desregrada? O que leva uma moça lá de Santa Catarina a...

— Seu Campos, estou falando com o senhor.

— Desculpa, estava longe.

— Percebi.

E a alma dele falou:

— Tem um escritor francês do século 18, chamado Xavier de Maistre, já ouviu falar?

— Nunca. O que que tem ele?

— Ele influenciou muito o Machado e o Eça. Escreveu só dois livros. Um se chamava *Viagem ao Redor do meu Quarto*. É muito doido porque o livro é ele olhando o que tem no quarto e descrevendo. Isso no século 18!

— Devia tomar absinto...

— Pode ser... Mas eu me lembrei dele porque tem uma hora que ele explica sobre a besta e a alma. Ele diz que todos nós temos em nós mesmos a besta e a alma. E, às vezes, a alma vai embora, viaja, como eu estava fazendo agora mesmo, e a besta fica aqui, no trivial. E ele dá um exemplo. Sabe quando você está lendo um livro e — de repente — percebe que já faz umas dez linhas que você não estava prestando atenção e tem que voltar e reler tudo? Então. É que a alma viajou e a besta ficou lá, lendo. À toa. Feito besta.

A Miriam passou a olhar diferente para aquele... velho.

— Incrível isso. Você tem esse livro? Me empresta? Prometo devolver.

— Você gosta de ler?

— Adoro.

Silêncio de novo. Almas ao alto e as bestas olhando para o chão.

Raul Seixas gritava:

— *Viva a sociedade alternativa!*

Se eu quero ou você quer tomar banho de chapéu...

Capella, que suava, abriu a janela e começou a cantar para a rua:

— *Viva, viva, viva a sociedade alternativa!*

Capella estava se sentindo um menino. Um menino traquinas. Muito traquinas, olhando para a Miriam, aquela metamorfose ambulante.

— *Ei, Al Capone, vê se tu te emendas...*

No dia seguinte saiu a ordem de prisão de James.

Ele estava longe. Jamais seria encontrado. Em Portugal entrou completamente embriagado com o passaporte de Cesar Augusto dos Reis Figueiredo.

E, no bolso, o telefone de Elyza em Paris. A apenas 210 dólares, de avião.

O Capella sentia que estava na hora de parar com a bebida. Não havia jantado e o etil estava batendo forte. E a menina bebia bem.

— E então, casto Campos? Falemos de negócios?

Capella estava empolgado:

— *Caute si non caste!* Se não castamente, ao menos com cautela.

Ela riu e, mais uma vez, entrou no jogo:

— *Cave quicquam incípias quod paneníteat póstea!* Evite iniciar algo de que possa se arrepender!

E Capella rebate:

— *Cave tibi ab aquis silentibus, et a cane muto!* Cuidado com águas silenciosas e cães que não ladram...

Capella ainda tinha que passar na redação do jornal e fechar uma matéria. Olhou no relógio, desconsolado.

— Quanto é?

— Vai embora?

— Tenho que trabalhar. Posso voltar mais tarde?

Ela foi até ele, segurou em suas duas mãos:

— Olha, cara, já conheci muito homem. Mas você é o primeiro que eu — absolutamente — não entendi. Não consegui sacar qual é a sua, me entendeu?

— Eu volto. O assunto é longo, muito longo.

Miriam sentia confiança naquele homem, que poderia ser seu pai.

— Paga nada, não. Amanhã você acerta. Vem de manhã. Bate um sol lindo aqui na sala. O outono inteiro entra aqui dentro.

— *Non ducor, duco!*

— *Duco* eu!

Deu um beijinho nos lábios do Capella. Ele pegou a garrafa, sem falar nada, jogou um pouquinho dentro do copo, virou de uma vez e foi embora. Com a certeza — nunca teve tanta certeza na vida — que voltaria. E voltaria mais de uma vez.

Onze da noite no Bar das Puta, na Consolação. Última mesa, lá no fundo. O lugar ainda não estava cheio, como depois da meia-noite, onde fica difícil comer um churrasco ali. Com cebola, naquele molho molhadérrimo. Que pinga.

Badaró, o delegado e Pompeu, um vereador que conhecia os dois e era quem armara aquele encontro. Caipirinha, os três.

A armação era simples. O delegado esquecia o James Lins. Não havia provas, mas indícios suficientes para, exatamente, indiciar. Badaró dava 10% do faturamento bruto do site www.geocities.com/anjosdebada para o delegado. E mais: 10% também do conteúdo. O delegado e o vereador tinham planos de fazer um consórcio de putas só para delegados e vereadores. Eles achavam essa idéia muito boa.

E ficava tudo por isso mesmo. Nenhum papel, nada para assinar, acordo entre homens de bem, de palavra. Badaró percebeu. E James não poderia entrar no Brasil nos próximos cinco anos.

Mas o vereador tinha um gravadorzinho ligado no bolso interno do paletó. Já o do delegado era dentro do maço de Cônsul. Badaró havia percebido desde o começo das negociações.

Levantou-se e, para surpresa dos outros dois, tirou o seu minigravador do bolso da camisa. Em formato de caneta, presente da Elyza, aliás. E disse:

— Proponho que desliguemos todos ao mesmo tempo!

Os outros dois se levantaram sem graça e os três, como crianças sapecas brincando com a vida, fizeram um último brinde, desligando os gravadores no alto, como os três mosqueteiros.

— Souza, a conta!!!

Tiraram as fitas dos três gravadores e jogaram na brasa.

oito

badaró: talvez a última paixão da sua vida
capella: não é puta, é garota de programa

Elysá subia a avenue de la Grande Armée em direção ao Arco do Triunfo, olhando carros nas vitrines. Carros que ela jamais teria dinheiro para comprar. Uma Alfinha já resolvia o seu problema.

Ao seu lado, completamente embriagado, James Lins ia chutando tampinhas de garrafas. Puxava assuntos que ela não respondia. Até que se encheu:

— E eu lá tenho culpa se você não pode entrar no Brasil, que vai em cana? E tem mais, se quiser conversar comigo tem que ser sóbrio, sem beber. Olha o estado. Você está bebendo desde o Natal, cara! E não me apareça mais no meu trabalho. Olha esse carro.

James foi se aproximando da vitrine e Elysá entrou correndo no buraco do metrô Argentine e sumiu.

Guiando lentamente, Capella saiu da redação e se dirigia para a sua casa. Pediu uma semana de licença ao Dragão.

No carro, cantava, feliz:

— *Eu sou a mosca que pousou na sua sopa! Eu sou a sopa que pousou na sua boca!* Maluco beleza!!!

E pensou: se eu conto para alguém que conheço uma puta que fala latim, vão dizer que isso é coisa dos meus livros, que é ficção!

Do hall, Capella já ouvia Blanche cantando lá dentro:

— *Boemia, aqui me tens de regresso e suplicante te peço a minha nova inscrição. Voltei, pra rever os amigos que um dia eu deixei a chorar de alegria!*

Nelson Gonçalves, a toda, enchia a sala. Lurdes de Fátima, com a capa de gabardine, também bebia.

— *O boêmio voltou novamente... Boemia...*

A vontade que Capella teve foi de voltar aos braços do Raul Seixas e suas máximas latinas.

Abaixou o som pela metade. Lurdes aumentou.

— Vocês estão bêbadas! Bêbadas! Que família, meu Deus, que família!

Dona Blanche se aproximou:

— Quem é que está bêbado, aqui? Você ainda não me viu bêbada! Não viu, não! Tomamos umas, umas só... Porque eu te digo, genro, em verdade eu te digo, que não estou bêbada porra nenhuma.

— A senhora não está nem ficando em pé, dona M... Blanche. Olha aí.

— Quer que eu faça um quatro? Quer, queres provas materiais, físicas? Bêbada, porra nenhuma!

Cláudia entra no meio:

— E a puta, como foi com a puta?

— Olha o respeito. Não é puta, é garota de programa. Garota de programa!

E entrou para o quarto. Cláudia foi atrás.

— Você não demorou muito não? E aí, ela sabe do paradeiro da amiguinha?

Da sala vinha a voz da dona Blanche mais alta que a do Nelson Gonçalves:

— *Nem que ela venha coberta de ouro, eu não a quero mais. Mulher nenhuma no mundo me fez o que ela me fez. Foi demais. Nem que ela venha coberta de ouro, da cabeça aos pés, perdoar jamais!*

Naretta e Badaró.

Pela cara, pela postura, lábio retorcido, cigarro na boca, sem acender. Por tudo isso, Badaró sentiu que a Naretta não estava pra brincadeiras.

— Quanto ao apartamento de Marais, Badaró, eu não quis falar nada na frente da menina. Te desautorizar. Mas, quando você comprou, assinamos o contrato naquele bar em frente à imobiliária, lá mesmo, em Paris, na rue Torraine, lembra? Você levantou as chaves, que estavam naquele mesmo chaveiro, fez o mesmo gesto que ela fez aqui, e me disse: "É seu!" E disse mais!

— Pelo amor de Deus, a segunda parte, não. É deprimente. Eu concordo, eu concordo, mas a segunda parte, não.

— Balançou o chaveiro e disse bem perto do meu ouvido: "Está em meu nome, mas tenho o seu nome no meu coração." Que pobreza, Badá!

— Reconheço, reconheço.

Ela enfiou o dedão dentro da boca dele. Semi-sensualmente, se é que isso é possível com um dedo daquele, que já freqüentara tantos outros recônditos. E com o polegar girando lá dentro, disse macio e educadamente:

— Daqui a um mês — isso para não te sujar com a menina — você liga, pede trocentas desculpas, e diga que precisa do apartamento. Para já e pra sempre! Principalmente o pra sempre! Algo a declarar?

Aquele dedo girando dentro da boca era de fazer entregar qualquer apartamento, mesmo no Marais. Mas negociou, prometendo outras viagens para aquele dedo e os demais.

— Três meses. É um prazo bom.

— Dois, e não se fala mais nisso.

Caíram no carpete.

Algo dizia ao Badaró que aquela seria a última vez. Badaró estava mesmo se apaixonando pela Elyza, apesar da distância geográfica e dos 30 anos de diferença.

— Badaró, você não acha que devia fazer um examezinho, não? Um HIV ligeiro? Só pra ficar sossegado? Onde você meteu as camisinhas?

— Naretta, eu não transava com a Diana há quatro anos.

— Mas fica incubado. Ai, que luta que é rasgar esses envelopes. Coisa mais escorregadia! Ajuda aqui, amor!

— Precisa, não. Passou!

Naretta pensou em fazer uma brincadeira. Mas viu, sentiu que não era o momento. Percebeu que ali tinha Elyza! Pela primeira vez dentro de toda a organização Naretta sentiu-se desafiada. Desaforadamente desafiada.

Vestiu-se e saiu. Trombou com a velhinha do 43 no corredor e nem pediu desculpas.

Na sala, dona Blanche cantava:

— Nem sempre o primeiro amor é o primeiro namorado...

No quarto, Capella cantarolava sozinho, olhando para Cláudia:

— *Fica comigo essa noite e não te arrependerás...*

Mas não era na Cláudia que estava pensando. Nem na Lurdes de Fátima que tirava a capa de gabardine.

No ar, na primeira classe, Ozanan Badaró viajava irritado pela impossibilidade de fumar. O cerco estava se fechando contra os fumantes. Ele leu que já existe uma cidadezinha nos Estados Unidos, chamada Carmel, onde é proibido fumar em qualquer lugar. Nem na rua, nas praças. Só dentro de casa.

Mas ele mesmo sabia que a preocupação dele estava em outras origens. E atendia pelo nome de Naretta. Há três meses, desde que ela pediu para que tirasse Elyza do apartamento de Marais, que o clima não estava bom. Nem na cama, nem na escrivaninha. E mais: ele sentia que a sua sócia estava dando cada vez mais poderes para o japonês. E japonês não brinca em serviço, pensava Badaró tentando imaginar a aeromoça sem aquele uniforme que deforma qualquer corpo saudável.

Elyza não pôde ir buscar Badaró no Charles De Gaulle. Era sua primeira semana no hotel. E tinha sido muito difícil conseguir o emprego. Mas a chave estava com a senhora do primeiro andar, uma portuguesa, madame Maria Antonia.

Não vinha a Paris apenas para pegar as chaves. Vinha porque havia trocado — nestes dois meses — 198 e-mails com Elyza. E-mails que eram imediatamente destruídos. 198! Mais de três por dia! Paixão mesmo! Uma paixão que ele não poderia segurar, esperar passar. Não na idade dele. Talvez a última paixão da sua vida. E, por ela, daria tudo. Até a própria vida.

E se lembrou de uma conversa com Capella há uns dez anos:

— Badá, você ainda vai acabar se apaixonando por uma puta!

— Por uma puta, não. Por um anjo, Capella. Por um anjo. E você também. Não adianta, a nossa geração começou com puta e vai acabar com puta!

O pior é que — tecnicamente — o Capella concordou.

Badaró entrou no apartamento e a primeira coisa que viu foram três malas prontas, cheias. E o apartamento todo em ordem, bem cuidado. Ele tinha ainda uma hora. Tomou uma ducha, brigando com aquela merda de chuveirinho francês. Ele nunca conseguiu tomar banho direito com aquilo. Não sabe onde colocar o chuveirinho na hora que se ensaboa. Já tentou uma mão para ele, outra para o sabonete, mas é impossível. De pia é mais fácil, vociferava Badaró. Se o banheiro estava "um brinco", depois desta tentativa de banho estava um lago. Conseguiu empapar o papel higiênico. Inteiro. Ficou imprestável. E onde é que liga essa merda de aquecedor, porra! Tá um puta frio aqui.

Desceu pra tomar um vinho francês no primeiro quiosque, o da esquina.

Cláudia:

— E você não me venha falar de bebida. Não hoje. Pelo amor de Deus!

— Você, Cláudia, bebendo? É a sua mãe! Sempre que as duas se encontram, boa coisa não dá.

Guardando o gabardine:

— Era a Lurdes de Fátima. Era ela quem estava bebendo. Você sabe que eu não bebo.

— E eu já estou até aqui com essa dupla aí de vocês.

— E você não me desvia o assunto. Quero saber como é que foi lá com a vagabunda.

— Ficam aí vocês duas brincando de detetive...

Mas ela, naquele momento, estava interessada era na outra. Ela sentiu, quando o marido entrou, alguma coisa diferente no jeitão caipira dele.

— E o que é que o senhor ficou fazendo lá, mais de três horas?

— Não fiquei lá três horas. Passei antes na redação.

Dona Blanche continuava cantando na sala. Cada vez mais alto. Capella fechou a porta.

— E a dona Blanche, não vai embora, nunca? Será que ela não se toca?

— Você está péssimo, Alcides. Péssimo. Meu Deus, será que nem morto, o Badaró vai me deixar em paz?

E foi para a sala cantar com a mãe.

— Fica aí pensando na piranha!

E Capella deitou-se, atirou longe os sapatos e seguiu os conselhos da mulher e pensou mesmo na sua rainha.

Mas dona Blanche entrou com um disquete na mão.

— Olha aqui, seu genro desnaturado. Enquanto o senhor estava na gandaia, passei todos os arquivos do Badaró onde ele fala na Elyza para este disquete. É meter lá e dar enter. Isso que é sogra!

Em São Paulo, Naretta e Takashi estavam preocupados com a saúde do sócio e chefe.

— E se pegou, foi da Diana, o filho da puta. Acho bom todo mundo fazer o teste. Eu, por exemplo, estou morrendo de medo.

— Eu, fazer? Mas eu nunca transei com a Diana. Muito menos com o Badaró.

— Vamos fazer amanhã cedo. Nós dois. E quando o Badaró chegar, a gente tira o sangue dele. O problema maior dele não é morrer. É morrer e todo mundo achar que ele era viado. "Nunca me enganou, a bichona..." Sabe como é?

— Mas você acha que ele está mesmo?

Naretta já estava tramando tudo sem que o Takashi soubesse. Era mais informação do que ele precisava. Quando não precisasse mais dele, seria descartado. Tora, tora, tora!

Quando Elyza entrou no apartamento, Badaró estava deitado no carpete marinho (escolha da Naretta) ao lado uma garrafa de vinho. E dois copos. Um, pela metade, e o outro, vazio. Tocava "Come Rain or Come Shine", com B.B. King e Eric Clapton, um blues gostoso. E ela estava linda, francesa.

— Ou prefere um Charles Aznavour? — foi a frase dele de bem-vinda.

— Mon cheri, petit chien!

E, ao cair em cima dele, notou:

— E as minhas malas?

— Não se preocupe com as suas malas. Não seja mala. Não agora.

Serviu o vinho.

Ela:

— Frase que eu não deveria dizer: estava morrendo de saudades.

Ele:

— Morro de vergonha, mas devo declarar que estava olhando pela janela há mais de meia hora. Quando você meteu a chave no portão eu liguei o som, me servi, deitei aqui e pensei: maravilha! O que mais quer você, meu caro Ozanan Badaró? Paris, Marais, vinho, King & Clapton, Elyza Kuertner. Fora o aquecedor.

Ela abriu a blusa dele.

Lambendo, pergunta:

— Por onde começamos?

— Nunca sei. Só sei onde terminaremos. Vem cá.

E ele se levantou, ajeitou a camisa.

— Vem, Elyza.

E ela disse uma das suas frases que derrubavam o Badaró:

— Mas logo agora que eu estava tendo uma ereçãozinha?

Badaró riu, puxou Elyza pela mão e desceu a escada até o andar de baixo, quase que a arrastando.

No apartamento de baixo — podia-se ouvir do hall — tocava "Help the Poor", por coincidência, do mesmo CD lá de cima.

Badaró tirou uma chave do bolso e colocou entre os dois seios, no decote dela. E deu um petelecozinho em cada bico.

— É seu. Abre. Entra.

E ela entrou, sem ainda dizer nenhuma palavra. O apartamento, todo branco, não tinha nenhum móvel. Mas havia 30 dúzias de tulipas amarelas e vermelhas esparramadas por todos os cômodos. Help the Poor...

E ali deitaram e rolaram e rolou. My Poor Lady, My Lady.

Amanhecia em Paris. No Bois de Boulogne, Elysá fazia sua caminhada diária. Duas horas para manter em cima os seus 33 anos. Ao seu lado, sóbrio, mas com um hálito péssimo, ia James Lins. A conversa agora era amistosa. Dava pra ver a torre, de onde eles estavam, à margem do Lac Inférieur. Pararam para uma cocá.

— Se eu te der o dinheiro, você jura que vai para Lisboa?

— Vou. Mas volto. Lá existe menos problema de extradição do que aqui. Li hoje num jornal que um francês que eles não queriam extraditar pra cá se matou lá em Lisboa.

— É mais informação do que eu preciso. Não agüento mais você no meu pé, James. Se pelo menos parasse de insistir em me comer! Que saco! Parece que não se enxerga!

— São ordens do Badaró. Te vigiar. Não tirar os olhos de você.

James disse isso e ficou esperando alguma reação diferente dela. Reação que não aconteceu. James estava diferente. Tratando Elysá com muita cautela, com uma delicadeza estranha. Ela percebia isso.

— Sim, mas não para me cantar. Principalmente quando bebe. E é pra me vigiar lá de Lisboa. Mexendo com a grana dele na Ilha da Madeira.

James segurou nas duas mãos de Elysá.

— Preciso te contar uma coisa. Uma coisa chata, muito chata. Soube hoje de manhã. Sabia que você ia estar aqui.

— Fala de uma vez, James. Que enrolação!

— O Badaró... O Badaró se matou!

Elysá puxou as mãos, quase se abraçando. Viu, na cara de James Lins, que era verdade. O Badaró estava morto.

Levou as duas mãos ao rosto e começou a chorar. Chorar de chamar a atenção dos brancos e taciturnos franceses que passavam por ali.

Ela tentou falar, perguntar detalhes, mas a voz não saía.

— Soube essa madrugada. Um tiro... na boca!

Elysá saiu correndo pelas alamedas do Bois. Desesperada. O único homem que ela havia amado estava morto.

James ficou sozinho na mesinha branca. Pediu um café expresso. Batucava na mesa. Também estava sofrendo com a morte do amigo do interior e que o mantinha lá na Europa desde a morte da Diana. Mas, mesmo sentido, cabisbaixo, nó na garganta, calhorda como sempre, frio com aquele ventinho de final de primavera, pensava:

— Só quero saber pra quem é que ficou a grana...

E, sozinho, chegou à conclusão que alguma coisa o velho amigo devia ter deixado para ele.

Naretta e Takashi na frente do laboratório. Envelopes abertos.

Naretta, aliviada:

— Te confesso que estava com um medinho...

— Bobagem. Japonês não pega doença.

Ela pegou o resultado do Takashi . Ficou lendo os dois.

— O que você está vendo?

— Se são iguais.

— Claro que são iguais. Por que não seriam?

— Não sei, bobagem minha. De homem podia estar escrito de um jeito e de mulher de outro. Bobagem, coisa de mulher, Takashi. Esquece.

E Naretta guardou os dois exames na sua bolsa.

Não eram nem dez horas da manhã quando a sonolenta e nua Tereza (e não Miriam) foi atender o interfone. Capella estava ali, para mais um plantão latino.

— Diga para ele subir que a porta está aberta. Vou tomar uma ducha. Fala para ele ficar à vontade.

E foi se lavar da noite anterior, de todas aquelas chicotadas que havia aplicado num pastor evangélico.

Capella entrou dizendo um babaquíssimo "Ó de casa" e refestelou-se na poltrona amarela como se dono do pedaço fora.

No Sul da França, num chatô do século 18, depois de Badaró se justificar pelo uso da camisinha — Diana, dizem que pode ficar incubado muitos anos etc. —, tomou um gole de champanhe e colocou um pacote do tamanho de uma caixa de sapatos em cima da mesa.

— Mais um presente, Badá? Pára com isso.

Beijinhos.

— Não, isso não é um presente. Isso aqui é uma coisa muito séria. Muito.

— Nossa, que responsa, amour.

E Badaró explicou ao som de uma flauta amiga que vinha de longe, talvez de algum camponês da região.

— Sabe o Capella?

— Claro que sei. Arrumou emprego pru meu irmão. Leu os meus originais. Nunca falou nada, né?

— Muito ocupado, muito ocupado.

— Que que tem o Capella?

— Se um dia eu morrer, você entrega isso pra ele. Na mão dele. Nem na mão da mulher dele vale. Na mão dele.

— Nossa, que história é essa, cara? Que papo é esse de morrer?

— Pois é isso. Toda a explicação está dentro desta caixa. Você entrega, um mês depois da minha morte, e diga a seguinte frase: essa que vale! Repete a frase.

— Badá, você está me gozando? História mais besta...

— Repete: essa que vale!

— Repito: essa que vale! Posso saber o que tem aqui dentro?

Badaró segura o queixo dela, dá um beijinho na boca:

— Ele vai te contar. Pode ter certeza disso.

— Tudo bem, tudo bem, mas jura que não fala mais em morte?

— Jurado e sacramentado. Deixa eu pegar outra garrafa.

— Tá no congelador.

Ele saiu, ela pegou a caixa, deu uma chacoalhadinha perto do ouvido. E nada ouviu. Deu de ombros e repetiu sozinha:

— Essa que vale!

Ele voltou com o champanhe.

— Faz conchita boluda?

— Vira.

Estava diferente o apartamento, naquela manhã. O clima era outro. Capella não estava entendendo.

— Comprou, Takashi . Estou te dizendo que ele comprou. E não foi agora, não. Tem mais de um ano.

Anda pela sala, cuspindo as palavras, olhando pela janela sem olhar.

— A dona Elyza agora é a deusa. De anjo a deusa. De puta a madame francesa, em dez lições! Em dez anos! Arrumou um belo emprego pra garota... Nossos reais estão se evaporando em francos, Takashi.

Takashi jogando paciência no computador.

— Sabia que o máximo de pontos que a gente consegue fazer aqui é 745? Dificílimo!

— Estou falando com o senhor, japonês!

— Diz que ela está estudando, né? Hotelaria. Chique. É, Naretta, primeiro anjo a gente nunca esquece.

Naretta olha bem para ele. Desconfia.

— Takashi , quando você começou a trabalhar aqui a Elyza não estava mais conosco, né? E ela tinha sido o primeiro anjo há pelo menos cinco anos. Como é que você sabe que ela foi o primeiro anjo?

Takashi sente, percebe que falou demais.

— Onde é que você está querendo chegar?

— Não quero chegar a lugar nenhum. Só quero te fazer essa pergunta. Como é que você sabe que ela foi a número um?

— Como? Pô, Naretta, todo mundo sabe.

— Tem certeza? Todo mundo quem?

Naretta acende o charuto. Fica olhando para Takashi. Takashi sente-se acuado. Volta à paciência.

Takashi:

— Não é isso o que importa agora. O que importa é que o Badaró está ficando mais tempo em Paris do que aqui.

— Isso eu sei, porra! E o que você quer que eu faça? Que eu mande matar a menina?

Takashi, tranqüilo:

— Olha aí, quase consegui. 735. Difícil também, né? Não... A menina, não. Se bem que uma a mais, uma a menos.

— Vá se fuder, Takashi! Vá se fuder!

Os dois ficam se olhando.

— Takashi, você é muito mais filho da puta do que eu poderia imaginar. Puta que o pariu!!!

Solta a fumaça na cara dele.

— Ninguém vai matar ninguém, japonês. Vai por mim. E cuidado, muito cuidado com o que fala. Antes que alguém perca a paciência com você.

Sai da sala. Takashi acompanha com o olhar.

nove

badaró: quem foi o negão que me enrabou?
capella: na mão direita um chicotinho de prata

E, refestelado na poltrona amarela como se dono do pedaço fora, ficou a pensar.

O banho da moça estava alegre. Ela cantava alto.

Agora ela cantava "Summertime" baixinho, preguiçosa. Sacana. E ele, ele pensava em frases latinas. E, com isso, ele pensava lá nos padres salesianos. E em um, particularmente, que foi com quem mais conversava em latim. O padre Orlandi. "Summertime" na água e ele com o padre na cabeça. E aquele padre foi crescendo na cabeça dele, crescendo, e o padre ia se aproximando com a careca e aquela careca ficava reluzente na frente do Capella e o Capella lembrou da história da careca do padre Orlandi, conforme narração do Badaró:

> Devo te confessar, Cidão, que
> eu tinha ejaculação precoce. Tinha,

eu disse. Braba! Era coisa pra uma bombada, sabe? Sabe como foi que eu me curei? Pra não gozar rápido? Pensava na careca do padre Orlandi. Na hora que eu sentia que não dava mais para segurar, na hora que eu sentia que a coisa ia desandar, eu pensava naquela careca, brilhante, com uns três ou quatro calombos, lembra? Pensava fixo na careca dele e não gozava.

Não fosse a careca do padre Orlandi, eu acho que não teria vencido na minha profissão. É tiro e queda!

Hoje sou outro homem. Te recomendo.

Pois o Capella estava pensando no Badaró, se lembrando da careca do padre Orlandi, salesiano lá de Albuquerque, quando a Rainha Tereza (ele logo viu que não era mais a doce e latina Miriam) adentrou. Era uma outra mulher. E veio vestida para matar. Como se não bastasse toda a extravagante indumentária negra, aquela rosa — na liga vermelha — era o próprio rabinho em forma de flecha a deslizar pela coxa pecaminosa. E na cabeça, não aquele cabelo loirinho de ontem, mas a careca do padre Orlandi! Reluzente. E, conseqüentemente, broxante.

Na mão direita, um chicotezinho de prata. Ela grunhiu como uma fera.

— Vade retro, Satanás!

E dali fugiu. Nem o elevador esperou, o Capella. Foi pela escada mesmo. Lá pelo décimo, pegou a máquina. Mas os cinco andares que ele desceu foram suficientes para ter a certeza de que nunca mais, na hora do sexo — conseguiria deixar de pensar nela. A careca!

Tempos depois, a Miriam lhe contaria que a careca o salvou da morte nas mãos da Rainha Tereza.

A Elyza não acreditou quando o Badaró lhe confessou que nunca havia ido até a Torre Eiffel. Nem por baixo havia passado.

— Quero ir já. Não sei se volto outra vez a Paris.

Elyza pegou as duas mãos dele.

— Meu amor, te peço, te peço lá de cima da torre, lugar de milagres e promessas. Te peço lá de cima. Faça esse maldito exame. De repente você está se martirizando à toa. E se tiver — o que eu não acredito —, vai tomar os remédios, meu anjo. Ninguém mais morre de Aids. É só tomar os remédios direitinho.

— Fazer porra nenhuma de exame! Foda-se...

La troisième, 274 mètres. Na plataforma. Badaró não perdia o humor.

— O que mais me impressiona aqui é o tamanho da cabeça do parafuso. Como é que os caras fizeram pra enroscar essa porra? Olha o tamanho! Esse troço tem uns 15 metros de diâmetro.

Paris lá embaixo. O Louvre, lá, tá vendo? A ilha da Notre Dame. O Bois.

De repente:

— Eu vou morrer, Elyza. E vou deixar tudo que eu tenho para você. Tudo.

Ele falou isso tão rapidamente e com tanta convicção que a Elyza chegou até a pensar que ele fosse se atirar. E não levou a sério. Fez que não ouviu.

Desceram.

Ele:

— Vamos comprar camisinha.

Ela começou a chorar.

Depois, na cama, depois do amor, depois da Piaf, da vie en rose despedaçada, ela dava pequenas mordidinhas no lóbulo da orelha dele, depois de perguntar se podia. Animou-se e as mordidinhas foram crescendo junto com o tesão até que sangrou. Ele gritou, assustado.

E ela engoliu o sangue dele.

— Você está doida?

— Badaró, conheci muita gente que morreu dessa doença. Muita. Mas bota muita nisso. Você não está com porra nenhuma, carajo! Por Diós, hombre!

Quando baixava o lado argentino em Elyza, ela virava uma toureira. Ficava com mais que os seus um e oitenta. E passou a língua cheia de sangue no peito dele.

Meteu Ella Fitzgerald a toda e arrancou a camisinha dele num puxão mágico. Olé!

— E, se tiver, foda-se! Eu te adoro, adoro, adoro!

E com o lençol rodopiou no ar nua e esplendorosa.

Badaró ficou olhando para ela, passou a mão no próprio peito, aquele pouquinho de sangue.

— Você é doida, meu anjo. Você é escandalosamente doida. Maravilhosamente doida. Se fosse possível, queria viver para você. Largar aquilo tudo. Sumir com você. Ilha grega ou cubana. Ou mesmo Parati. Te dar uns filhos!...

Foi chegando perto dela:

— Mas deixa eu pôr a camisinha...
Ela riu gostoso.
— Pra fazer conchita boluda não precisa... Vira!

Elyza não chora mais. Está sentada num banquinho, olhando para o chão, os braços repousados nas coxas, as mãos pendendo, um dedo apontava um par de sapatos. Uma mulher frouxa, naquele momento. Derrubada. Olheira.

— Foi a última coisa que ele me deu.

— Elyza, vamos cair na real. Vamos parar com esse sentimentalismo aí.

— Como essa geração de vocês é fria! Porra, deixa eu chorar a morte dele em paz, cara! D'accord?

— Elyza, você sabe muito bem o quanto eu gostava desse cara. Cada um chora do seu jeito. Tô cum troço aqui na garganta, ó. Ele foi o único cara que me ajudou nessa porra dessa vida de merda que eu levo. Escondido aqui. Você sabe que eu gostava dele. Fiz troca-troca com ele com seis anos de idade!

— É mais informação do que eu preciso, d'accord?

— D'accord, cheri! O que estou querendo dizer é que a gente tem que tomar uma porrada de decisões. Por exemplo: você tem que ir imediatamente para São Paulo. Se possível, hoje de noite!

— Me deixa em paz, James. Em paz... Pelo menos hoje.

Ela falou sério, firme, quase ficando em pé.

James se desculpou sem texto, com um beijinho no cabelo dela. E saiu.

Ela pegou o sapato.

— Sabia que você nunca me deu um sapato?

— É mesmo? (pensou um pouco, olhou para o pé de Elyza) Você tem razão.

— Quero ganhar um sapato seu.

— Vamos.

Isso foi há um mês, em Amsterdã.

— Mas por que que você quer um sapato?

— Se eu falar você não vai rir?

— Prometo.

— Jura?

— Juro, Elyza! Juro. Vai.

— Porque eu aprendi a andar com você.

Badaró caiu na gargalhada. Mas, pouco a pouco, o seu rosto foi dando umas guinadas e do riso passou ao choro e do choro aos braços de Elyza e dos braços para as pernas e das pernas para o amor.

— Senta, mãe!

— A conversa não é séria, Lurdes de Fátima? Então eu fico em pé. Você está cansada de saber que eu penso muito melhor em pé. Quando eu me sento, eu viro uma toupeira. E bebo. Não vejo nenhum sentido no ser humano se sentar numa cadeira, numa mesa e não beber! Fala, criatura!

Na redação, Capella procurava no catálogo o endereço do Colégio Salesiano de São Paulo, onde morava nos últimos anos da sua vida o padre Orlandi. Ele precisava ver o padre Orlandi. Ele precisava ver aquela careca.

Sala de reunião no escritório do Badaró, no dia seguinte à sua chegada de Paris.

Naretta fazia as vezes da presidenta:

— Tem os dois lados, Badaró. Um profissional e outro pessoal. E não podemos mais misturar as coisas. Desde março do ano passado, quando o dólar foi a dois reais e 20, que o senhor praticamente deixou isso aqui nas minhas mãos e do Takashi.

— O Takashi vem se saindo muito bem.

— Bem mais do que você pode imaginar. Ou você resolve a parte da sociedade com a gente e vai morar em Paris com o seu anjo, ou...

— Eu ainda não morri, Naretta. Vou morrer, mas ainda estou vivo. E fiz o meu testamento. E se quer saber, deixei tudo para você. Tudo.

Naretta não sabia se acreditava ou se ria da piada. Olhou para Takashi que estava orientalizado num canto, fazendo palavras cruzadas nível superdesafio. Mas que tinha ouvido e registrado muito bem a parte do testamento.

Ela foi para perto de Badaró, mais íntima.

— Badá, ainda não é hora de falar nisso. Amanhã cedo você não coma nada. Nem água. Nem tome aqueles antidepressivos. Nós vamos fazer esse exame e, a partir do resultado, pensar na vida de todos nós e da empresa. Você já perdeu 30 quilos, Badá.

Badaró vai até o Takashi , meio que ignorando Naretta.

— Sabe o que eu notei, Takashi? Que eu só emagreço no Brasil. Em Paris eu engordo. Não é estranho, isso? O que Buda diria, se vivo fosse?

Badaró saiu da sala. Naretta para Takashi:

— Ele vai fazer o exame. E nunca mais vai para Paris. Pra engordar.

— Tá tudo certo para o exame.

O Badaró chamou Takashi para um particular.

— Japonês, preciso te falar coisa muito séria. Íntima. Talvez a mais íntima da minha vida.

Já viu japonês suar? Japonês não sua. É anatômico. Mas o Takashi, contrariando toda a filosofia e psicobiologia oriental, suava. Frio.

— É sobre o exame. Esse aí.

Aliviou para o Takashi.

— Sei. O elisa?

— O que tem a Elyza a ver com isso?

— É que o exame chama elisa.

Badaró não se convenceu muito. Quase irritado:

— Você tá me gozando, japonês? Eu, com um problema sério desses, e você me vem com...

— Desculpa, eu pensei que você soubesse.

— Pensou porra nenhuma! O que é, tá insinuando que a Elyza é que me lubruzou?

— Não, sério, nada disso. É que eu vi no meu exame. Tá escrito elisa. Teste de elisa.

— Não acredito. Espera aí. Em que exame você viu? Você fez o exame? Mas por quê? Que eu saiba, você é virgem.

Envergonhou-se todo. Irritar o Takashi é lembrar-lhe isso. Ele tem sérios problemas na área. Limpando o suor.

— É, a minha religião... Mas a Naretta me obrigou.

— E cadê esse exame com o nome da elisa? Quero ver. Cadê o exame?

— Ficou com a Naretta.

— Como que ficou com a Naretta se o exame é seu?

— Eu também não entendi. Mas os dois estão com ela.

Os dois?, pensou Badaró, indo até um quadro da parede que estava torto. Enquanto ele dava o prumo, o Takashi achou que já havia terminado e estava saindo.

— Takashi!

Estancou.

— Eu ainda não falei o que eu queria falar. Senta aí. É que essa conversa sobre elisa me desviou do assunto. Eu estava dizendo que é um assunto íntimo, lembra?

— Sim, claro. Íntimo.

— Esse exame, seja lá o nome que tiver, não me preocupa. Não me preocupa o resultado. O que me preocupa é ir lá tirar o sangue. Me entende? Chegar lá, me anunciar, a mocinha — é sempre uma mocinha — me olhar com dó, com pena, me oferecer cadeira, revista da semana. E você olhar em volta, a salinha lotada, e ter a certeza que todo mundo ali sabe que você está. E, sabendo, imaginam como foi, com quem foi que pegou. Quem foi o negão que me enrabou. E, de repente, no alto-falante a voz de aeromoça gripada:

— Senhor Ozanan Badaró! Positivo! Positivo!

E todo mundo gritando:

— Viado! Viado! Viado!

Takashi cutucou o Badaró, que estava entrando quase em surto.

— Calma, Badaró, você está exagerando.

Pegou o lenço do Takashi, já molhado, e passou na cabeça. Sentou-se.

— É foda, cara! O exame é foda! Ir lá é foda! É pior que comprar Viagra...

Relaxa.

— Bom, eu comecei essa conversa para te dizer que eu não vou lá colher o material. Tragam a mocinha aqui. Que ela tire o meu sangue aqui. Ninguém precisa saber. Estamos conversados?

A redação do jornal era nos Campos Elíseos. Capella foi a pé até o Liceu Coração de Jesus, a poucas quadras dali. Numa região parada no tempo e no abandono. Já havia falado por telefone com o padre Orlandi.

— Amicus verus avis rara!

Foi com essa saudação (o verdadeiro amigo é coisa rara) que o velhinho recebeu Capella em uma cadeira de rodas; 85 anos, lúcido.

— O corpo capenga, Carlos Alcides. Mas a cabeça fervilha. A velhice, meu amigo, é o máximo na cabeça com o mínimo no corpo. Deus cometeu um pequeno engano por aqui. Mas ele sabe o que faz. Se a cabeça, se a sábia cabeça tropeça em pensamentos levianos, o corpo já caiu há muito tempo.

— Bença, padre Orlandi!

— Deus te abençoe, meu filho.

A careca do padre agora era total, plena. Com a idade o homem vai perdendo seus pêlos. Os primeiros são os da cabeça. Só aumentam na orelha. Coisas de Deus, pensava o Capella observando o velho mestre.

— Preciso me confessar, padre.

— Sexto mandamento? Na sua idade, meu filho, o sexto mandamento derruba mesmo. Podemos confessar aqui?

— Desculpa, padre Orlandi, mas sou dos antigos. Pra mim, confissão tem que ser no confessionário. Esse negócio moderno de se confessar em qualquer lugar, passeando... Ora, onde já se viu? E, se me permitir, vou rezar o Ato de Contrição em latim. Sou romano! Gosto de uma certa liturgia.

— Me empurra a cadeira. Vamos para a capela, Capella.

— O senhor ainda se lembra deste trocadilho até hoje?

— É inevitável, meu Carlos Alcides. E, por falar em sexto mandamento, em verdade vos digo um proverbiozinho medieval: *Amicítia inter pócula et cópula contractam, plerumque este vítrea!*

— A amizade obtida entre copos e cópulas é de fácil rompimento.

— Exatamente! Tem bebido muito, Carlos Alcides?

Capella foi empurrando a cadeira por aquele corredor longo, interminável, escuro, com fotos de ex-alunos em quadros imensos. Era como num túnel do tempo. Um tempo em que o Carlos Alcides não tinha os problemas de hoje. Um tempo em que ele, Ozanan e James cometiam pecados pequenos, como desobedecer pai e mãe ou tomar o santo nome de Deus em vão.

Naquele corredor, igualzinho ao do colégio onde ele havia estudado no interior, seu passado corria rápido enquanto ele empurrava o mestre que fora o primeiro a conduzi-lo ao gosto pelas letras. Aquele corredor, o cheiro dos anos 50, a cor dos 60 e o medo do ano 2000.

— Fala, criatura — disse dona Blanche rodeando a mesa. — Com quem é que eu estou falando? Com a Lurdes de Fátima ou com a minha filha?

— Com a Lurdes de Fátima, evidentemente. Analisemos, dona Blanche, analisemos. Parto do princípio que o homem não se matou. Suicidaram ele.

— Pode pular o óbvio, minha senhora. Quero fatos concretos. Novos!

— Sim, os fatos. A herança. Se partimos da herança, a tal da Elyza Kuertner e as pessoas ligadas a ela são suspeitas. Se foi apenas pelos negócios, a coisa cai em cima da Naretta e daquele japonês.

— Até aqui nenhuma novidade, darlinzinha.

— Claro. Por isso mesmo que eu não estou trabalhando com essas possibilidades. Poderíamos falar em vingança de alguma coisa ou até mesmo algo ligado à doença dele. Mas descarto, também. O que é que sobra? Albuquerque! Acho que a coisa começou lá no interior, muitos e muitos anos atrás.

— Mas aí, neste caso, temos dois suspeitos: o James — aquele menino sapeca — e... o seu marido!

— Não sou casada com ele. Você não está falando com a Cláudia, minha senhora.

— Vocês, você e a Cláudia, estão loucas! As duas. Só quero que você me responda a uma pergunta. Sobre a doença dele. Quem foi que disse que ele estava com Aids? Quem é que viu o resultado do exame? Onde está esse exame? Cadê o papel?

— Onde é que a senhora quer chegar?

— No assassino, é claro.

Dona Blanche pegou um xale e jogou teatralmente nas costas.

— Vamos fuçar nos disquetes. Vamos ver mais putaria.

Dona Blanche colocou um disquete onde estava escrito "Atas de reuniões":

```
        Ata da reunião de ontem, 11
de fevereiro de 1993. Foram trata-
dos os seguinte itens com os anjos
presentes (72 deles):
        01 — Sobre sexo oral com ou
sem camisinha. Diante da explanação
das meninas dizendo que os clientes
não toleravam o uso da camisinha
para tal prática, resolveu-se que
se pode apenas iniciar (máximo de
dez segundos) sem o uso.
        02 — Foi cobrado das meninas
em atraso o exame de HIV.
        03 — Vários seguros de saúde
tiveram suas apólices renovadas. Por
mim mesmo.
        04 — Das poucas que não ti-
nham herdeiros, foi requisitado que
sejam providenciados imediatamente
os documentos, para redigir as res-
pectivas heranças. Toda a documen-
tação ficará no Cartório Dupret, de
Pinheiros. Procurar o doutor Sergio
Antunes, para providenciar os tex-
tos dos testamentos. Como sempre,
nesta questão de herança, em não
tendo parentes próximos, foi pedido
que outro anjo seja o herdeiro.
```

05 — Foi rateado o dinheiro do consórcio do mês passado. Houve um aumento de 78% nos negócios.

06 — Decidiu-se que faremos sites dos anjos.

07 — A idéia levantada pelo anjo Dinaura, de se fazer consórcio de meninos, foi rejeitada por unanimidade. Anjo é e sempre foi do sexo feminino. (estou desconfiado que a Dinaura é sapata. Conversar sobre isso com a Diana.)

08 — (pessoal, lembrete) Orientar a doce Elyza a deixar seus bens para a Miriam.

Na manhã seguinte, colheu-se o sangue do Badaró.

Naretta ficou com o comprovante para tirar o resultado pela Internet.

E é exatamente isto que ela está fazendo neste momento no seu Pentium III. Ela podia não entender de medicina diagnóstica. Mas entendia de computação e Internet como poucas pessoas.

Puxou o resultado do paciente 1.12548-6, Ozanan Badaró.

Resultado: não reagente. Duas vezes não reagente. Tanto pela Roche como pela Abbott.

Embaixo, em destaque, para não haver dúvidas:

Resultado: amostra não reagente para HIV 1 + 2.

Badaró não estava com o vírus.

E, se tanto emagrecia, era aquele pozinho da Naretta no café. Badaró tomava umas dez xícaras de café por dia.

Com três toques mágicos, Naretta alterou de não reagente para reagente. Demais detalhes copiou do exame do Takashi que estava na mesa à sua direita.

Imprimiu. Colocou no envelope do Takashi com etiqueta trocada. Passou os lábios no pedacinho de cola. Selou a sorte do sócio e ex-amante.

E guardou. Não tinha pressa.

Badaró devia estar dormindo. Inocente, são e magro.

Naretta sentou-se na cadeira de balanço com o envelope na mão. Ela sabia que aquilo, aquela pequena palavra, reagente, iria levar o Badaró ao suicídio.

E, neste momento, fez um balanço da sua vida. Não que ela quisesse fazer, mas aquilo veio, imperativo, absoluto. Sua vida naquele exato momento.

Não era a fortuna do Badaró que ela queria. A parte que lhe cabia, mesmo com ele vivo, já era suficiente. Aquele envelope não significava dinheiro. Aquele envelope era para murchar dúzias de tulipas, centenas de conchitas, milhares de mordidas. Havia uma buceta ali dentro. Tinha mais vida lá dentro do que aqui fora, pensava Naretta.

O endereço certo daquele envelope era Paris. Na Rue du Boccador. De elisa para Elyza. Um teste.

Primeiro a Diana, agora o Badaró. E quando ela ficar sabendo para quem o Badaró deixará tudo...

Naretta pensava sobre ela mesma. Ela queria saber quando foi, na sua vida, quando foi o dia, a hora, onde estava, quando ela se transformou nesta mulher fria. Calculista. Uma mulher que programa o suicídio do homem que ama, do homem que é seu sócio. Quando foi que surgiu dentro dela esta mulher capaz de fazer tudo isso e não sentir a mínima culpa, nenhum remorso?

— Onde foi que eu não errei?

Takashi bateu na porta e entrou.

— Acordado?

— Vim ver o resultado do exame. Ficou bom?

— Lindo, como temíamos. Reagente. Duplamente positivo.

E sorriu, a filha da puta. A filha da puta sorriu...

E passou o pepino para as mãos do Takashi:

— Entrega pra ele na cama, junto com o café da manhã e o Estadão.

O Takashi saiu com o envelope fechado. Pesava uma tonelada.

dez

badaró: como eu faço para pedir uma exumação? capella: caí em tentação, padre orlandi

Toca o telefone na mesa de Gatão. Telefonema internacional a cobrar, avisa a telefonista, em francês.

— Oui-oui, mademoiselle!

Até aquele momento ele não sabia por onde andava a sua irmã. Mas ele estava querendo achá-la. Mas, naquele segundo, sentiu que só poderia ser ela. Quem mais iria ligar da França para ele?

Mas não era ela.

— James! James Lins!

Não muito longe dali:

— Conte seus pecados, meu filho...

— Caí em tentação, padre Orlandi.

Um pequeno facho de luz entrava por cima do confessionário, reluzindo a calvície do homem de Deus. Impossível não olhar para aquele brilho.

— Conte, Carlos Alcides. Conte desde o começo. Deus não tem pressa para ouvir seus cordeiros. Conte...

— Em primeiro lugar, padre Orlandi, eu estava agora lá na redação e chegou um telegrama da ANSA, lá da Itália, dizendo que o Vaticano afirmou que quem se separar pode se casar de novo, mas tem que manter a castidade. O senhor está sabendo disso?

Longo silêncio lá dentro.

— Carlos Alcides, não foi para discutir isso que você veio aqui... Vamos ao que interessa. Ao sexto mandamento.

— Mas uma coisa está ligada à outra, padre Orlandi. O sexto mandamento é o da castidade.

— Mas você se separou da Maria Cláudia? Então. Não protele, meu filho. Conte-me o que está a te afligir.

— Uma pu... uma garota de programa, padre Orlandi!

— Uma puta? Foi isso que eu ouvi, Carlos Alcides? Uma puta?

— Uma puta... Meiga, padre Orlandi. Às vezes meiga, às vezes o próprio demônio.

— Uma puta, Carlos Alcides? Nessa idade? Faça-me o favor...

— Mas não houve nada. Foi só em pensamento.

— Só? Pensamento na cabeça de um escritor é um pecado ambulante! Você sabe que contra o sexto mandamento podemos pecar por pensamentos, palavras e obras. Ou alguma combinação de dois a dois, como você aprendeu no ginásio ou, pecado dos pecados, os três de uma vez. Pensar, falar e fazer!!!

— Foi só pensamento, padre Orlandi. Verdade...

Pensou em contar da careca, mas não ia ficar bem envolver a calvície do padre dentro do confessionário, mesmo porque, em todo caso, ela já estava lá.

Silêncio lá dentro.

— Carlos Alcides, vamos desde o começo. Desde o princípio. No princípio era o verbo. Vamos, confesse, meu filho.

— James? James Lins? Você está com a minha irmã?

— Ela não está bem, Gatão. Está em estado de choque.

— O quê??? Onde vocês estão? Paris?

— No hospital. Estou te ligando do hospital. Ela ficou sabendo, ficou assim. Paris, claro.

— Sabendo do quê?

— Da morte do Ozanan, porra! Da herança, porra! Foi demais para a cabeça dela.

"A herança, claro", pensou Gatão. Mas ficou na dele.

— O que que o médico disse? Me explica direito. Você segura essa? Você sabe que a gente não se fala há muito tempo... Estamos brigados, você sabe...

— Estado de choque é estado de choque, né? Fazer o quê? Tá lá. Tá medicada.

— James, me ouça com atenção. Ela vai sair dessa. Eu conheço. Quando morreu a Diana — eu sei que você não gosta de falar nisso —, mas quando morreu a Diana, ela ficou assim, lembra? Mas presta atenção: ela não deve voltar para o Brasil. Não agora. Ela vai correr perigo aqui.

— Não estou entendendo, camaradinha.

O envelope foi entregue de bandeja. Leite frio, café quente, pão francês, manteiga com sal. Um pratinho, açúcar, duas colheres de chá, um guardanapo de pano, dos grandes, como ele gostava. E o envelope. Fora o Estadão, *é claro.*

Takashi não disse nada. Ficou esperando.

— Pode sair.

Takashi saiu.

Badaró colocou açúcar no café. Mexeu. Chupou a colher. Tomou o copo de leite. Passou manteiga num naco de pão. Mastigou com gosto e sem nenhuma pressa. Foi bicando o cafezinho.

Limpou a boca. Ficou com o envelope na mão direita, batendo um dos lados na outra mão. Abriu. Leu e fechou os olhos.

E só conseguiu dizer uma palavra:

— Diana...

Naretta mandara matar a Diana. E a Diana, com aquele envelope, lhe devolvia a gentileza. Amor bandido. Dente por dente.

Do celular, ligou para um advogado. Não o advogado da firma. Um velho amigo de Albuquerque. Seu amigo. Sergio Antunes.

— Serjão, como eu faço para pedir uma exumação?

Depois de toda a confissão, o padre Orlandi fez Capella cair na realidade.

— Veja, meu filho, como age o demônio. Você até se esqueceu do motivo que fez com que você procurasse essa... Miriam. Você ficou tão desnorteado, que se esqueceu que você estava atrás dela para saber onde poderia encontrar a — digamos — colega. Elyza, não é?

— É verdade, padre Orlandi. Fiquei muito tempo nos prolegômenos e o demônio me pegou. O que o senhor me aconselha?

— Enfrente o demônio. Não fuja! Enfrente! Volte lá imediatamente, consiga o que você quer. Encare o problema de frente. Se você não for lá, Carlos Alcides, ficará com isso, para o resto da vida, na sua cabeça.

Capella olhou para a cabeça do padre.

— Mas ir lá? E a tentação, padre?

— Você é um homem. E não vai ser agora, aos 63 anos, que você vai me cometer uma asneira dessas. Vá. A sua penitência é esta. Enfrentar o demônio de frente. Vá, meu filho! Vá e enfrente o demônio!

— Será?

— Será!!! E seja o que Deus quiser! Vá com fé e esperança e não se esqueça da caridade.

— Caridade também?

— Saiba, meu bom amigo, que a Caridade é a essência dos ensinamentos de Jesus Cristo. Leia a Epístola de São Paulo, quando ele prega que tudo de bom que um homem pode fazer perde o valor se não for movido pela Caridade. Esqueceu-se de seus tempos salesianos, meu bom aluno?

O médico diz para James que Elyza foi para a UTI. E mais: que tinha ingerido coisas. Coisas? E que ele fosse embora. Deixasse passaporte, endereço do hotel, o número do celular. E que não saísse da cidade. E entregou a bolsa dela para James Lins.

Deitado na cama de Elyza, James olhava o teto. Nele ela havia pintado um céu, de um azul bem forte. Com várias estrelinhas prateadas. A lua crescente. No canto, um cometa. Dourado.

Capella ligou para Miriam e marcou novo encontro.
— Quinze minutos, no máximo.
E já ficou intrigado com a resposta dela:
— Quinze minutos é o máximo!

Enquanto Alcides Capella se dirigia para a casa da Miriam.

Enquanto James se apavorava com o estado de Elyza em Paris.

Enquanto Gatão, ainda na redação, não sabia a quem recorrer.

Enquanto isso, Lurdes de Fátima e dona Blanche mexiam nos disquetes de Badaró. Vasculharam até achar o que queriam.

Lurdes procurava alguma coisa escrita pelo Badaró no momento em que ele soube, junto com o café da manhã e uma manteiga salgada, que ia, irremediavelmente, morrer. Lurdes dava a idéia, mas quem vasculhava mesmo era a mãe da Cláudia.

Blanche sabia e explicava para Lurdes que a Naretta poderia ter entrado naquele arquivo, modificado, deletado partes, acrescentado outras. E sabia mais: no "propriedades" poderia saber quando o arquivo foi alterado pela última vez. Depois da morte de Badaró? Blanche estava impossível depois do terceiro martíni seco.

Mas ficaram tranqüilas. A última alteração havia sido bem antes de Badaró morrer. Mas Lurdes precisava falar com o Gatão sobre isso. Poderia ela ter mexido ali e a data não ter sido modificada? É bem provável que não.

E abriu:

Tem suas vantagens, uma morte anunciada. Ou será que eu é que estou tentando me enganar? É estranho isso. Você abrir um envelope e lá dentro estar escrito: morte. É isso, esquisito. Mas tem suas vantagens. Como tem suas vantagens morrer atropelado como a Meg. De repente chega o anjo e te leva.

É esquisito saber que você vai morrer. E que não vai demorar pra isso acontecer. O quê? Meses?

Dizem que na hora da morte, instantes antes, segundos antes, é como se passasse um filme na sua frente com toda a sua vida. Em DVD. Alta fidelidade, como se dizia naquele tempo. Você vê tudo. Ouve. Sente o cheiro. Se emociona. Chora. Ri. Se arrepende. Ignora.

Desde a sua infância, desde os dois, três anos de idade. Tudo numa rapidez muito grande, 63 anos em cinco segundos! Spielberg.

Não sei quem foi que constatou isso, porque se só acontece na hora da morte, o cara deve ter morrido depois de ver a vida dele ali, em terceira e quinta dimensão. Mas dizem.

O que eu estou querendo dizer é que este processo acaba de começar comigo. Está passando a minha vida aqui na tela. É como se eu olhasse para este computador e cada letrinha dessas fosse um pedaço dela. Mas eu não vou morrer agora, imediatamente. Talvez seja apenas um trailer.

Melhores momentos?

Sergio, o advogado que agora estava na frente do Badaró, também era de Albuquerque. Uns dez anos mais novo. Como ele mesmo sempre dizia, seus ídolos na adolescência eram o James Lins e o Badaró. Mas o Sergio não trabalhava nas empresas do amigo. Mas quanto mais pessoal fosse o problema, era a ele que o Badaró recorria.

Advogado, poeta e cronista, seu verso mais famoso era "Vou dizer ao mar que te amo. A chuva vai contar, depois, pra todo mundo".

E o poeta estava impressionado com o estado físico do velho ídolo. Com pena.

— Exumação, Badá?

— Me entenda, Sergio. E eu sei que você vai me entender. Eu vou morrer, eu sei. Talvez até antes da hora eu alivie essa dor.

— Pára com isso, cara! Outro dia ouvi o Drauzio dizendo na televisão que basta tomar os remédios direitinho...

— E quem é que toma? Outro dia fui numa reunião de soropositivos. Eles se reúnem. Gente maravilhosa, encantadora, mesmo. Gosto de ir lá. Mas descobri uma coisa incrível: muita gente não toma os remédios direito. É como se sentissem

culpa por ter contraído a doença. É uma espécie de autopunição, percebe? São pessoas que querem viver, mas se sentem pecadoras, entende? É essa merda de catolicismo que cimentaram na cabeça da gente. Essa civilização ocidental de merda!

O Sergio sentiu que o amigo não estava se medicando.

— E o que tem que ver a exumação com toda essa culpa cristã-ocidental?

— Cristã-ocidental-machista! Machista! Nós somos machistas pra caralho! Se é que isso pode ser possível: ser machista pra caralho... E eu quero morrer tendo certeza que peguei essa porra da Diana. Não quero que nenhum filho da puta lá de Albuquerque... me entende?

— Sim, um machismo pos-mortem!

— Dê o nome que quiser.

Neste ponto, Lurdes pensou, bem com jeitão de detetive: a Naretta poderia ter alterado a hora, o dia, o mês e até o ano do computador e depois ter mexido. Anotou num papelzinho para perguntar ao Gatão: alterar data, pode? Retroceder o computador. Deve poder. Aquela mulher é foda!, pensou Lurdes, para vergonha de Cláudia.

— Como? — perguntou dona Blanche.

Mas eu não quero ficar vendo o que passou. Eu quero ver o que virá. O tempo que virá. Os dias que faltam.

Mas eu quero deixar registrado aqui, para quem quer que um dia venha ler, que eu desconfio. Não da morte. Mas do motivo. Hoje falei com um amigo meu, o Sergio

Antunes. Negócio de exumar o corpo da Diana. Eu preciso ter certeza dela, do problema dela.

Para falar a verdade, se ela estava mesmo contaminada, isso até me alivia um pouco. Um pouco, não. Alivia total. Tenho um álibi para a minha morte. Covardia minha, eu sei. Mas se esse exame aqui está certo, eu tenho que ter pego essa merda dela! Eu tenho que provar que foi dela!!! Não quero dar esse prato cheio praqueles filhos da puta lá de Albuquerque. Não quero que a Elyza, em momento algum, duvide da minha... Meu Deus, eu sou um merda! Ou, pelo menos, estou um merda. Não estou preocupado com a minha morte, estou preocupado em passar para a história como viado! Puta que o pariu!

Meg Ryan não acreditava em anjos. Até se apaixonar por um. E o cara era mesmo um anjo: Nicolas Cage. Não um anjo como os meus.

Aluguei de novo o filme. Chorei. Chorei na morte dela no final. Acho, aliás, que foi uma puta sacanagem ela morrer. Não sou nenhum escritor, nenhum diretor, nenhum criador, intelectual, porra nenhuma, mas acho uma falta de respeito muito grande o mocinho ou a mocinha morrer no fim do livro ou do filme. O cara tinha que dar um jeito. Eles tinham que ficar juntos. Com eu tenho — ou teria — que ficar com a Elyza. O que é que restou daquele filme? Uma pêra!

Nem uma maçã foi. Sim, porque com a maçã a gente logo faz umas ligações bíblico-eróticas. Mas pêra é muito broxante. Pêra é comida de velho. E eu não sou velho, porra!!! Eu vou morrer, mas velho eu não sou, porra!!!

Eu também — como a Meg médica — não acreditava nos meus anjos. Não para mim. Meus anjos eram para pousar (e posar) as asas em cartões de crédito, rechonchudos.

Me lembro de uma conversa com o Capella há um tempo. A gente se dizia que ia acabar se apaixonando por um anjo. Por uma puta, para falar o português bem claro.

O Sergio se serviu de uma muito boa dose de uísque.

— Veja, Badá. Não é uma coisa simples, uma exumação. O juiz que tem que autorizar. É complicado. É quase como reabrir o processo...

Ficou olhando para a cara do Badaró, esperando a reação dele.

— E, pelo que eu sei da morte da Diana, pelo pouco que eu sei, acho que não convém pra ninguém mexer naquilo. Não é? Por exemplo: onde anda o James?

Badaró sabia que o Sergio sabia. Claro. Todos eles se conheciam há mais de 30, 40 anos.

— Sergio, eu quero que você acredite numa coisa. Não tive nada a ver com a morte dela. Nada! Depois do fato consumado, acobertei. Não nego. Mantenho o James em Cascais. Não nego. Com a cumplicidade da polícia brasileira, diga-se de passagem.

O Sergio deu a primeira garfada no pato.

— E não é agora que eu vou pagar o pato.

— Esqueça a exumação. E tem mais: depois de quase cinco anos, nem sei se daria para se comprovar alguma coisa. Não há outra maneira?

O Badaró já vinha pesquisando o assunto há tempos.

— Outro dia, lá no encontro com o pessoal, me contaram uma história incrível. É que, fazendo uma análise dos cabelos de uma pessoa, mesmo anos e anos depois, pode-se saber se ela tomava ou não determinado remédio. A medicina mudou muito nesses anos que eu fiquei cuidando de anjos...

Sergio piadou impiedoso:

— Por que, ela deixou alguns fios no seu travesseiro?

Badaró pediu o quarto gim.

— Você não está bebendo demais, Badá?

— E você acha que eu vou diminuir por quê? Pra quê? Pra viver mais uma semana?

— Tá certo você! Garçom, mais um uísque. Duplo.

Badaró ficava repetindo:

— Cabelo... Cabelo... Cabelo...

A Miriam, naquele momento, estava muito mais para anjo, pensava Capella, sem saber ainda da verdade das gêmeas.

Não estava vestida para matar. Estava vestida para o quê?, indagava Alcides Capella para si mesmo, ali, parado na porta, enfrentando o pecado, o demônio, como pedia o padre Orlandi. E a única frase em latim que lhe veio naquela hora não era das melhores:

— *Divinum dare, humanum accípere.*

Divino é dar, humano é receber.

"Que besteira, Alcides, que idiotice... O melhor é nem entrar. Perguntar aqui da porta mesmo se ela sabe onde está a Elyza."

Mas ela respondeu:

— *Amor crescit dolore repulsae...*

— Por quê? Por que você me diz isso?

Ela, meiga:

— Não sei, foi o que veio na minha cabeça: o amor cresce com a dor da rejeição.

Capella fica sem saber, meio nocauteado, rodando pelo ringue, sem saber se ataca ou se se defende.

— Entra, Campos.

Neste exato momento, Capella percebeu que estava nas garras do demônio, ao admitir:

— Meu nome não é Campos... Eu menti.

Ela deu um beijo na face dele.

— Esquenta não, Capella! Sempre soube.

Badaró estava com a palavra na cabeça: cabelo, cabelo, cabelo. Ele sabia que essa era uma palavra-chave, mas não conseguia chegar aonde poderia chegar.

Ligou e alugou Hair.

O filme ainda estava inteiro. Não era datado. Isso fazia o Badaró voltar no tempo. Meados dos 60.

Um dia um produtor musical andava em Berkeley, uma cidadezinha americana de pouco mais de 100 mil habitantes, mais precisamente pela Telegraph Street, quando ouviu uns meninos que não queriam ir para a guerra do Vietnam cantando. Cantando bonito e gostoso.

O produtor parou. Sentou-se na sarjeta. Aquele bando de hippies levava jeito. Sem contar na que fazia a grávida e estava mesmo grávida. Era quase um musical. Terminou e os meninos passaram o chapéu. E o produtor quis saber de quem eram aquelas músicas. Dois meninos.

Levou a turma toda para a Broadway. O mundo inteiro ficou sabendo das histórias dos hippies que não queriam lutar no Vietnam e queimavam a bandeira dos Estados Unidos e a convocação do exército.

Hair, cabelo, peruca.

— Peruca! — gritou Badaró sozinho na sala. — Peruca, claro! Peruca, porra!

Veio na sua cabeça a cena dele lavando — pela primeira vez — o cabelo da Diana, antes mesmo de a conhecer. Numa overdose de cocaína. Não era de maconha, como as meninas do Hair, a overdose da Diana.

— Cadê a velhinha do 43?

Fazia tempo que o Badaró não circulava ali pelo velho e bom quarto andar de tantas e tão boas lembranças.

Em frente ao 44, parou. Quase que no tempo. Foi ali, há dez anos, que tudo começou. Foi ali que ele conheceu o primeiro anjo, Elyza.

Badaró agora morava no décimo oitavo. Detonara todo o lado direito (frente) do andar fazendo um só apartamento. Imenso.

Ficou um tempo olhando para a plaquinha do 44. Mas era no 43 que ele ia. No apartamento da velhinha do 43.

Já ia tocar a campainha quando se lembrou que, apesar de cruzar com ela há dez anos, não tinha a menor idéia do seu nome.

Desceu, foi atrás do seu Braga, zelador, igualmente há mais de dez anos.

— Frau Cyrene.

— Frau? Alemã?

— Mas fala o português direitinho. Tem sotaque, mas segura bem.

Fez uma pergunta que nunca havia lhe passado pela cabeça.

— Desculpe a curiosidade, seu Braga, mas ela vive do quê? Fazer peruca?

— Isso acho que é para passar o tempo. Há muito tempo atrás — dizem — ela recebeu uma herança da Áustria. Existia até uma fofoca que ela teria sido amante do Hitler.

E riu, gostoso, o seu Braga.

— Que amante, seu Braga! O Hitler era viado...

— O quê? O Hitler? Viado? Que isso, doutor. Imagina. Fudidão daquele jeito... Quem é que ia comer? Precisava de uns dez pra segurar... Que isso, doutor!

— Sabia não? Viadaço. Até se suicidou por causa disso.

Badaró falou essa frase de pura e inconseqüente brincadeira, mas caiu em si com o significado dela. Viado igual suicídio.

— Brigado, seu Braga. Frau Cyrene.

Saiu sério, deixando o seu Braga encucado.

— Hitler? Devia gostar de meninos branquinhos. Será? Mas que filho da puta!

Resolvi ir para Paris. Mais uma vez. E pela última. Meu corpo não agüenta mais, embora em Paris eu me sinta melhor. É como se não estivesse doente, o apetite volta. É a Elyza quem me dava a vida.

Ir a Paris pela última vez. Amar Elyza pela última vez. Voltar e morrer. Acabar logo com isso de uma vez.

Ontem perguntei para a Naretta como é que ela soube que a Diana estava doente.

Ela me mostrou o exame. Era verdade.

— Pára aí! Pára aí.

Era a dona Blanche.

— Dá licença.

Tirou Lurdes de Fátima da frente do computador, quase que com um safanão.

— Vou no "Propriedades". Tenho certeza que a Naretta mexeu aqui. Sempre sustentei que não havia nenhum exame da Diana. Essa Naretta é mesmo uma filha da puta — com o perdão da palavra. Acho uma falta de respeito, de sentimento mesmo, brincar com essa doença, com esse vírus. Isso é uma falta de respeito com as pessoas que estão passando por este problema.

Dona Blanche foi no "Propriedades".

Criado em: 12/12/1999.

Modificado em: 07/04/2000.

— Filha da puta! Foi ela quem escreveu "Ela me mostrou o exame. Era verdade". Foi ela. Ou seja, ela não mostrou exame nenhum. Simplesmente porque não havia exame. Diana nunca esteve doente. Essa Naretta tem problemas seriíssimos. Fica colocando isso na cabeça de todo mundo. Nefasta!

Lurdes estava olhando para a mãe da Cláudia.

— Mãe...

— Tá tudo bichado, minha filha. Tudo bichado.

— Mãe... A senhora também fez o curso do J. Amaral, da Fenade?

— Federação Nacional dos Detetives Particulares.

— Curso de Aperfeiçoamento do Detetive Particular.

— Por correspondência!

Toca a campainha. Era o Gatão, atrás do Capella.

— Gatão, você caiu do céu! Venha ver uma coisa!

onze

badaró: só tem bandido nesse prédio
capella: e, se eu ficar nu, seja o que Deus quiser

Agora sim, tocou a campainha.

Como sempre, não era das mais amistosas a cara da amante do Hitler. Surpresa, claro.

— Pois não, doutor.

E não fez o mínimo gesto de facilitar a entrada dele.

— Frau Cyrene, eu sei que a gente nunca se falou, a gente sabe um quem é o outro, a senhora sabe o meu nome e...

— Pois não.

— Posso entrar?

O apartamento da Frau Cyrene era como todos os outros. Geograficamente falando. Mas a decoração era um tanto quanto assustadora. Talvez por isso ela não tenha convidado o doutor para entrar logo. Em primeiro lugar, todas as janelas fechadas. E as cortinas — veludo verde-musgo — cerradas. Pouca luz. Jamais se poderia dizer que eram quatro da tarde.

E cabelos, perucas inteiras, perucas pela metade, perucas com permanente, loiras, escuras, pequenas, imensas. Perucas com bobs. Perucas molhadas, perucas secando. Badaró estava fascinado com o mundinho da Frau Cyrene. Olhava aquilo tudo, quase tocando.

— Não bula! — adiantou-se ela.

Ele disse belo trabalho, não tendo mais nada para dizer.

— O senhor está precisando de uma peruca?

Tentou fazer graça:

— A senhora acha que eu estou precisando?

— Nunca se sabe, doutor. Se o senhor soubesse dos homens para quem vendo perucas... Eles dizem que é para esposa. Mentira! Falsos! Por que é que experimentam, então? Esta mundo, doutor, está muito estranha. Pederastas! Quer experimentar? Sigilo absoluto. Veja essa lilás! Cai muito bem...

— Minha senhora!... Posso me sentar?

Ela tirou melenas do sofá, bateu a mão, tirando caspas, talvez.

— O senhor está muito magra. Doente?

— Minha senhora... A senhora deve se lembrar da dona Diana.

Frau Cyrene sentou-se na cadeira da mesa com restos de um almoço. Ficou triste.

— Muito. Dona Diana, apesar da profissão, era muito amiga. Devo minha vida a dona Diana.

— Uma boa moça. Uma pena...

Frau Cyrene ficou olhando para ele, quase inquisitiva:

— Aquele suicídio até hoje, não é, doutor... Até hoje... Estranho, não é? Estranho.

— A Diana uma vez me disse que tinha dado os cabelos dela para a senhora. Pra fazer peruca, não foi?

Frau Cyrene com cara de quem estava lembrando-se da cena como se tivesse sido ontem.

— Muito bom cabelo. Rendeu duas perucas chanel. Lindas. Me lembro bem. Duas chanel. Sabe, né, Chanel?

E fez o sinal com as duas mãos em curva um pouco abaixo da orelha.

— Evidentemente que a senhora não tem mais essas perucas.

— Claro que não. Vendi logo. Muito bom o cabelo de dona Diana. Liso e firme. Não era arrebentadiço. Firme. Mas, por quê? Quer matar saudades velha namorada?

— Exatamente, Frau Cyrene. Exatamente. A senhora acha que essas perucas ainda existem?

Ela se ofendeu.

— O que o senhor está pensando, doutor? Que minhas perucas duram só cinco anos? Claro que estão. Estão rodando por aí em alguma cabeça inteligente.

— E com quem, Frau Cyrene? A senhora se lembra para quem a senhora vendeu? Pelo menos uma delas?

— Estou achando o senhor doutor muita afoito! Está querendo muito a peruca de dona Diana. Paixón? Quer um licorzinho de Minhápica?

Surpreendentemente ela caiu na risada.

— Minhápica?

Ela quase chorava de rir.

— Gosta, gosta... Quer peruca, quer licorzinho.

Caiu a ficha. Sentiu-se ridículo, doente. Fraco. Mas tinha que segurar. Precisava da velhinha do 43. Além de tudo, a velhinha era sem-vergonha.

"Para o Hitler não, mas para algum cabo dele, com certeza. Peruqueira nazista!"

— Esquenta não, Capella! Sempre soube!

Essa frase ficou repicando na cabeça do Capella entre a porta e a poltrona amarela. Uma poltrona já quase sua, naquela terceira sentada.

— Toma o quê?

— Nada, nada! Quer dizer, por enquanto.

Capella olhava para aquele rosto angelical que tomava coca light na lata. Como é que aquela menina podia, quando queria, se transformar na Rainha Tereza, com chicotinho e tudo?

— Deve estar curioso, não é?

— Muito. Quem é que te contou? O que é que você sabe de mim?

— Alcides Capella, alameda Franca 3.876, ap. 52. Jornalista. E, se não estou enganada, amigo do nosso amigo comum Ozanan Badaró. Confere?

Abismado:

— Confere.

— Fica calmo. Vai dar tudo certo. Gostou do livro da Elyza? *Um Crime em Paris*?

Não era possível. Até isso?

— Como você sabe disso?

— Sou a melhor amiga dela. E provavelmente foi por causa dela que você veio me procurar. Não fique nervoso. Eu explico tudo.

— Aquele uísque... Acho que vou aceitar... Miriam. Mas, antes, quero te fazer um pedido. Queria que a gente conversasse. Lembra?, foi para isso que eu vim aqui. Lembra que eu falei, na primeira vez? Conversar. Só conversar. É que eu não gostaria que você virasse a Rainha Tereza, está me entendendo?

— Fica frio. Quantas pedras? A Rainha Tereza está em Paris.

Capella não entendeu. Capella nunca escreveria um bom policial.

— Conhece?

Alcides Capella mal ouvia Manu Chao cantando a sua Valéria em *Minha Galera.* Miriam cantava junto. Devia estar ouvindo aquilo há horas, há dias. Tinha a maior identidade com o cantor. Capella, claro, nunca havia ouvido falar em Manu Chao. Isso é nome que se apresente..., pensava.

Silêncio, fora o Chao. Como é que ela sabia que ele era o Capella? Ele não perguntava nada. Ela? Ela cantava: minha maconha, minha pequena, minha menina, minha Valéria.

Capella tentando ser o mais moderno possível:

— Você fuma? Isso?

Bebendo:

— Maconha?

Normalíssimo:

— É...

— Quer?

Capella não podia contar com a volta da pergunta.

— Tem unzinho pronto.

Era tão normal o convite da menina, né, Capella? Tão dia-a-dia. Tão gostoso.

— Hein? Tá surdo?

Alcides Capella jamais poderia explicar, depois, de onde foi que saiu a sua voz decidida, imperativa:

— Vou aceitar... unzinho.

Estava perto. Dentro de uma caixinha em cima da mesinha. Ela passou os lábios por tudo quanto foi lado e passou para a mão do Capella junto com um isqueiro.

Ele conhecia maconha, já havia visto pessoas fumarem. Repórter policial. Mas nunca! Era mesmo coisa de marginal. O principal medo era de ficar pelado. Ele nunca soube bem por que, mas ele achava que o dia que fumasse maconha, ia ficar pelado. Onde quer que estivesse.

— Pode acender.

Foi o Capella quem sugeriu. Queria ver como era o procedimento, para não passar vergonha.

Ela acendeu, deu umas três tragadas e segurou a coisa lá dentro. Esticou o braço para o Capella.

"Vamos lá, estou só com 63 anos. E se eu ficar nu, seja o que Deus quiser. Desculpe, padre Orlandi, colocar Deus nessa parte da história, mas acho que ele vai ter que me dar uma força agora."

E Capella colocou força na tragada. Fez como ela. Uma, duas, três, segurou.

— *Minha maconha, minha galera, minha Flamenga, minha larica.*

Gatão, dona Blanche e Lurdes de Fátima/Cláudia. Bebem. Lurdes vai guardando os disquetes na caixa.

— Tudo bichado. Nem adianta.

Lurdes, deduzindo:

— O J. Amaral diria: deve existir outra cópia disso. Que não tenha passado pela Naretta.

— Isso é óbvio, minha filha. Mas onde? Com quem?

Gatão examina um dos disquetes.

— E foi alterado não uma vez. Mais.

— E não dá pra tentar recuperar o que estava escrito de verdade aí? O que o Badaró mesmo escreveu?

— No disquete, não. Mas na máquina, no computador dele, com um certo esforço — e muito talento — dá.

Volta da cozinha dona Blanche com o balde de gelo.

— O melhor das visitas, meu filho, é que elas nos dão o ensejo do álcool. Porque essa aqui não agüenta nem meia garrafa. Vai dizendo quando estiver bom.

— Chega, chega.

Gatão não explicou o porquê, mas disse que estava atrás do Capella. Precisava falar com ele, urgente. Disse que ficou duas horas ligando e só dava ocupado.

— Viu, dona Cláudia? Computador, menino. Essa aí ficou horas no computador.

Cláudia, como num chat, reservadamente para Gatão:

— Mas ele não está na redação?

Gatão murmura reservadamente para dona Blanche:

— Deveria?

— Você quer saber se eu sei para quem vendi as duas perucas? É isso?

— Isso. Gostaria de ter comigo, para sempre, um pouco da Diana.

A velhinha do 43 era muito mais esperta do que poderia supor o Badaró.

— Estou te achando muito afoito. Achando que está precisando demais dessas perucas... Acho que é mais do que a saudade, doutor Badaró. Quanto é que o senhor me paga pelas duas perucas?

— Como assim?

— Como, como assim? Exatamente assim: quanto é que o senhor me paga pelas duas perucas.

"Só tem bandido nesse prédio..."

— Podemos conversar.

— Não tem conversa. É só dizer o valor e eu digo se consigo ou não.

— Só uma pergunta: a senhora se lembra para quem vendeu as duas?

— Perfeitamente. As duas foram vendidas para a mesma pessoa. Um travesti divino maravilhoso. E então? Quanto vale o seu amor pela Diana?

Já havia acabado o *Minha Galera*, já havia tocado a 15, a 16, já havia voltado para a um de novo e agora estava na sete.

Capella sabia disso porque estava completamente fissurado na luzinha verde do som, que ia mudando o tempo de cada música, segundo a segundo. Estava olhando para aquilo há mais de 15 minutos.

— Não estou sentindo nada!

Miriam gargalhou gostoso. Jogou uma almofadinha nele. Ele riu.

— Verdade. Nada! Não sei que graça vocês vêem nisso.

Pausa.

— Você já reparou, Miriam, na costura da almofada? Dá uma olhada. Olha só que loucura essa costura.

Ela olhou e achou engraçadíssima a costura e começou a rir e ele começou a rir ainda mais. Os dois ficaram duas músicas rindo da costura da almofadinha.

Gatão e dona Blanche não entenderam a Cláudia. De repente pegou a gabardine e saiu, deixando os dois no computador.

— Volto logo...

Gatão, apenas para se certificar, colocou um dos disquetes no micro:

> Estou indo hoje de noite para Paris. Tenho guardado minhas últimas forças para dar uma surra de amor na Elyza. A última, a mais forte, devido à minha fragilidade.
>
> Hoje, como um idiota, fiquei cantando: sei que vou morrer, não sei a hora, sentirei saudades da Elyza. Me sinto tendo esse tipo de coisa. Regredindo para a minha infância e adolescência. Não me sinto mais um homem de 63 anos. De mais nada vale toda a sabedoria da idade.

Na cabeça de Alcides Capella era absolutamente normal o fato de ele estar completamente nu ali no meio da sala da dona Miriam. Nu e se sentindo muitíssimo bem. Nu e em pé. E sem encolher a barriga. Aliás, pensava ele: nunca me senti tão bem na minha vida.

"E o mais engraçado disso tudo é que eu não estou sentindo absolutamente nada com essa fumada aí."

Foi quando a Miriam começou a tirar a roupa.

— Fica tranqüilo, cara. Hoje não vai ser a Rainha Tereza. Vai ser eu mesma.

Há já bem mais de uma hora que o Capella havia se esquecido de perguntar para ela como é que ela sabia quem era ele.

Foda-se!

Em Paris, a polícia atrás de James Lins. Foi ele quem internou aquela moça com tanto comprimido para depressão no estômago. A lavagem foi feita em tempo. Mas ela ainda estava em semicoma.

E quando o médico foi procurar James, já foi junto com um policial. Como se em Albuquerque estivesse e não em Paris, James Lins pulou a janela, passou debaixo de um pé de nozes, galgou uma cerquinha e, em menos de dois minutos, estava na Baixa Bastilha, com seus milhares de bares e franceses.

E ele. A quem recorrer? Onde estava o Gatão, que não estava na redação?

Entrou num bar e pediu um expresso.

No Brasil, mais precisamente na casa de Alcides Capella, Gatão esperava pelo dono da casa fuçando, junto com a dona Blanche, os disquetes do Badaró. E foi a dona Blanche quem achou essa preciosidade:

— Vem ver, Gatão.

Os dois puxaram banquinhos para ler. Dona Blanche:

— Não sei se a Naretta mexeu nesse disquete. Mas que é interessante, é. Vai, Gatão, dá um pagedown! Solta a cobra, menino.

> Primeiras idéias para o consórcio dos anjos.
>
> 01 – cada consorciado pagará a quantia de 300 reais por mês.

02 – cada um deles terá à sua disposição um total de 69 anjos (o número é apenas para excitar os babacas), a serem escolhidos via internet, até o dia 30 do mês anterior.

03 – cada um dos consorciados deverá ser contemplado por sorteio, uma vez por semana, com um anjo. esses quatro (dependendo do mês, cinco) anjos estarão à disposição do consorciado durante um período do dia: cedo, tarde ou noite. (com isso, alguns anjos poderão pegar mais de um turno por dia.)

04 – duas vezes por mês – sempre no dia 1º e 16 (independente do dia da semana em que caiam) – haverá sorteio de anjos (como prêmio extra) em locais previamente determinados pela direção geral. os anjos sorteados não poderão ser cedidos a terceiros.

05 – não se admitirão dois ou mais anjos de uma só vez com um mesmo consorciado.

06 – o prêmio não é cumulativo. ou seja, o consorciado não pode abrir mão dos anjos durante três semanas para, no fim do mês, ficar com quatro de uma vez. anjo,

uma vez dispensado, está dispensado e o consórcio não devolverá a parcela paga. tesão contido é tesão perdido!, já dizia meu pai.

07 – uma vez por mês – todo dia 24 (também para estimular besteira na cabeça do consorciado) – haverá uma assembléia geral de todos os consorciados para lances. neste dia, que chamamos de "reunião festiva" (como no rotary), estarão presentes para lances (nunca inferiores a 2.000 dólares) anjos importados de paris e amsterdã, todos eles com documentação, visto de entrada e passaporte. por esse lance (2.000 dólares, preço de venda) cada consorciado terá direito a um fim-de-semana com o anjo modelo importação.

08 – todo fim de ano, por ocasião da festa de natal dos consorciados, será sorteada uma viagem para um grupo de quatro elementos (a quem chamaremos de amigos-secretos) para honolulu, com tudo pago pelo consórcio para as "saunas de marlon brando", local altamente afrodisíaco, dirigido pelo ex-ator e um daqueles seus filhos marginais. nota: esse prêmio não

poderá ser terceirizado. todas as despesas em terra serão pagas pela filial local do consórcio que receberá depois dos quatro consorciados sorteados a mesma quantia em quatro prestações sem juros ou qualquer taxa extra.

09 — é exigido em todas as transações do consórcio o uso geral, amplo e irrestrito de camisinhas. (nem o consórcio, nem os anjos se sentem na obrigação de fornecê-las.)

10 — o consórcio garante o sigilo absoluto dos negócios aqui discriminados e mesmo em caso de possível impotência sexual de qualquer um dos membros, isso jamais será divulgado, sendo expulso da corporação qualquer anjo que venha a fazer menção a esses possíveis (e compreensíveis) deslizes momentâneos.

11 — o consórcio exige exame de hiv dos seus membros, com três meses de validade e carência.

12 — com a mesma validade e carência, os anjos deverão apresentar seus documentos médicos legais.

13 — o consórcio não se responsabiliza por objetos deixados

nos quartos dos anjos e nem por reclamação ou devolução.

14 — não serão admitidas — em hipótese alguma — surubas ou algo parecido nas dependências (e proximidades) das nossas locações.

15 — revogam-se as disposições em contrário.

pelo consórcio: ozanan badaró.

pela parte médica: doutor eduardo florence.

são paulo, 23 de abril de 1993

16 — cumpra-se!

— Hein? Quanto é que o senhor me paga pelas perucas?

Badaró ficava olhando para a Frau Cyrene. Não dava para odiar a velhinha e pular no pescoço dela e a esganar. Ela tinha um lado simpático. E um lado bandido. E bandido simpático sempre cai nas graças do Badaró.

— Sei que os negócios do senhor vão de venta em popa.

Badaró sorri.

— Vamos fazer o seguinte: primeiro a senhora procura o tal do travesti divino maravilhoso e vê se ele ainda tem as perucas. Sabe-se lá, né?, se numa noitada mais frenética não tenha colocado fogo em tudo.

— Duvido muito. Ela é divina maravilhosa mas duma calma que até Deus duvida. É a calma em pessoa. Posso lhe garantir que há menos de um ano ela esteve aqui para me enco-

mendar uma com permanente e veio com uma delas. E está inteira. Como ela mesma disse, inteiraça.

— Tudo bem, tudo bem. Procura a bicha e depois a gente acerta a grana. OK?

— Não quer levar nada para a Naretta? Um cachinhas? Última moda em Londres, sabia? Cachinhas.

Ele já estava na porta, voltou-se para Frau:

— Eu quero que a Naretta se foda, se me permite.

Fechou a porta lentamente.

Frau Cyrene pegou o telefone e discou:

— Alô? Miss Terriosa? Como vai, querrida?

— Vem...

Miriam chamava com o indicador, enrolada no tapete.

Capella estava deitado no chão, olhando para o teto, longe dali. Nu. E, se bolso tivesse, com a mão no bolso. Calmo. Numa boa, como ele mesmo dizia. Numa boa.

— Vem...

A careca do padre Orlandi veio, mas passou rápida. Não ficou nada ali. Era mesmo só ele e a Miriam. Ele estava achando tudo aquilo muito, muito natural.

— Tá quentinho aqui, vem...

Ela estava recostada na porta do quarto.

Capella se levantou, foi até ela. Olhou nos olhos dela, voltou para o meio da sala e começou a colocar a cueca samba-canção azul-clara. Depois a calça. Sentou-se, colocando as meias com muita calma.

— É bom colocar as meias. Já percebeu? Colocar assim devagar...

— Vem, a Rainha Tereza não vai aparecer hoje. Só eu.

— Miriam, você está achando que eu estou doido, né? Doidão, né? Até tou. Mas nem um pouco fora de mim. Engraçado, né? Isso que eu falei. Fora de mim. Essa expressão. Ficar fora de mim. Já pensou nisso? Mas já pensou bem mesmo nisso? Ficar fora. Tem até aquela piadinha infame: o cara era tão insignificante que, quando caía em si, caía fora.

A piada era tão besta que os dois caíram na risada.

Mas Capella estava sabendo onde pisava, apesar de tudo.

— Senta aqui. Veste, primeiro veste. Depois senta aqui. Vamos conversar primeiro. Tenho duas perguntas e você sabe quais são.

Ela estava na mesma posição, recostada na porta:

— Vem...

Ele olha para ela, olha para ele mesmo, cai em si.

— Vou te falar uma coisa, menina. Nunca fiz isso.

— Isso o quê?

— ... mijar fora do penico.

Ele mesmo foi quem começou a rir com a expressão usada. Ela ria mais ainda.

— Jura?

— E vou mais longe. Eu só fiz isso com a minha mulher. Eu casei virgem. Pelo amor de Deus, você não me comenta isso com ninguém.

— Nem puta?

— Nada. Quando eu ia na zona com o Badaró e o James, eles iam transar e eu ficava conversando com a puta mais velha. Sempre adorei histórias de putas. Nunca sei se é verdade, mas todas têm uma puta história, se me permite o trocadilho imbecil.

— Vem...

— Será? Por quê? Por que você quer?

— Quer saber mesmo? Porque você não quer a Rainha Tereza. Você quer a Miriam. E ninguém nunca quis a Miriam.

Ela chega perto dele:

— A não ser meu pai.

"Ai, meu saco..."

Abaixa a cabeça até o colo dele e começa a chorar. Ali, soluça.

"Estou com uma puta chorando no meu colo, uma puta que fala latim, uma puta que gosta de mim."

— Puta que o pariu!

Ela levantou o rosto todo molhado. Era uma menina chorando nos braços "daquele velho".

— O quê?

"Meus Deus, meu padre Orlandi, o que é isso, padre Orlandi? 'Não se esqueça da caridade, Carlos Alcides. A caridade. São Tomás...'"

E dessa vez foi o Capella quem se lembrou do que ele tinha dito para o Badaró há uns anos:

— Você vai acabar se apaixonando por uma puta, meu amigo.

Com jeito, Capella se levantou e terminou de se vestir. Ela ficou deitada no sofá, nua, de costas para ele.

Da porta, olhando aquele corpo nu, jovem e perfeito, colocando o paletó, passavam pela cabeça do Badaró todas as meninas da *Playboy* a quem ele vinha homenageando a vida toda. Um corpo como aquele que ele só se permitia na masturbação, dentro de um banheiro, com a água do chuveiro caindo, disfarçando da mãe e, depois, da sua esposa. Quantas e quantas vezes Capella não havia se masturbado olhando para um corpo como aquele, só que de papel, imóvel e sem nenhuma lágrima virando as páginas da sua memória?

Ele foi embora.

Estou a 14 mil metros de altura e a temperatura lá fora é de menos 55 graus centígrados e não sei quantos fahrenheit. E a alguns mil quilômetros da Elyza, a quem vou ver pela última vez, antes de morrer.

Morrer e, mesmo morto, eu vou saber dos comentários no barzinho da esquina lá de Albuquerque. Viado!

A pesquisa da peruca com os cabelos da Diana não deu em nada.

Depois de me cobrar uma grana considerável, a velhinha do 43, a Frau Cyrene, me deu o endereço do tal do travesti divino maravilhoso. Liguei e fui lá.

Sim, ele ainda estava com as duas perucas feitas com o cabelo da Diana. Só que havia tingido as duas. Uma era verde, quase militar. A outra, de uma cor um tanto difícil de explicar. Assim, alguma coisa entre o vermelho e o roxo, mas que, com a luz que entrava pela única e emperrada janela da quitinete do Copan, pegava um tom meio amarelado. Um horror o gosto da divina maravilhosa.

É claro que a tintura tinha acabado de vez com a possibilidade de se fazer qualquer exame naqueles cabelos que um dia foram da Diana. E, com isso, jamais ficaria sabendo se ela tomava ou não os tais coquetéis.

Resolvi ligar o foda-se e ir para Paris. Viver um pouquinho do que me restava andando ao lado do Sena, com a Elyza.

Nunca tive medo de avião. Voando, como estou agora, e metendo a mão aqui nesse notebook — antes que acabe a bateria —, eu penso na morte. Mas não na possibilidade de o avião cair. O meu, o meu avião pessoal já vai descendo em parafuso há alguns meses, anos.

"Sei que vou morrer, não sei a hora" é um versinho filho da puta que não me sai da cabeça. E eu fico aqui, na poltrona C5, olhando em volta. Tenho certeza que todos aqui, em volta de mim, aqui na chamada primeira classe, estão com medo de morrer. Morrer se o avião cair. Assim que o avião descer no Charles de Gaulle, eles vão respirar aliviados. Não foi dessa vez, vão pensar os idiotas.

Fico aqui martelando essas teclas e torcendo para o avião cair. Levar esses babacas todos comigo. Olha a cara daquele sujeito ali. Aquela moça, roendo a unha. Aquele garoto que vai toda hora no banheiro. Essa aeromoça que insiste em não me conseguir um leite condensado. Esse comissário de bordo, igual a tantos outros comissários. Todos ali, no limite.

doze

badaró: o último orgasmo em Paris
capella: a camiseta estava do avesso

Gatão e dona Blanche estavam neste pedaço do disquete quando a porta se abriu e entrou o Capella.

Ele não sabia — ou não queria saber —, mas o efeito do fumo ainda não havia passado.

A culpa — pelo ocorrido que nem chegou a acontecer — forçou a primeira pergunta, antes mesmo de cumprimentar Gatão e a sogra.

— Onde está a Cláudia?

— Boa tarde, né, criatura? Dormiu comigo? Saiu. Tem uma hora, mais ou menos. E foi com a capa de gabardine.

— O que é isso? Liberou geral o disquete, é? Todo mundo mexendo...

Gatão fez questão de explicar:

— Estava dando uma geral aqui, Capella, e os disquetes foram mesmo todos mexidos. Todos. Não podemos confiar em nada do que tem aqui. Absolutamente nada.

Capella tirou o paletó. A camiseta estava do avesso. Antes que alguém percebesse, foi para o quarto.

Gatão foi atrás.

— Licença. Precisava mesmo falar com você em particular.

— Foram as duas que te chamaram?

Capella tirou a camiseta e cheirou o próprio corpo, procurando algum resquício de perfume.

— Não, eu que precisava mesmo falar com você. Urgente. Sobre a minha irmã.

— Irmã? Que irmã?

— A Elyza.

Capella estava de costas e de costas ficou. Parado no ar. Elyza. Elyza irmã do Gatão. Caiu a ficha. O Gatão foi apresentado pelo Badaró, há uns cinco anos, como irmão de um dos anjos dele. Mas se o Badaró disse o nome de Elyza, ele não se lembrava. Mas agora, aquele ali, o irmão dela, claro, da Elyza que ele tanto procurava? Virou-se lentamente, pensando.

— Me diz o seguinte, você que transa todas. Esse negócio de maconha, demora quanto tempo pra passar? Esse soninho, me entende?

Mas Gatão estava com pressa.

— A minha irmã está num hospital em Paris. Está passando mal. O James Lins me ligou.

Capella percebeu que, enquanto esteve dando uma inconseqüente trela para a Miriam, estava desligado de fatos mais recentes.

— Vamos com calma. Desde o começo. Eu me lembro que, quando eu te arrumei o emprego lá no jornal, você me disse que a sua irmã, a sua irmã que era anjo, né?, estava brigada com você.

— Foi, mas ela achou que eu trabalhando, eu saía do vício. Mas isso não tem a menor importância agora. Eu preciso de dinheiro para ir para Paris. Já. Amanhã cedo meu passaporte fica pronto.

— E por que eu? Está morrendo por quê?

Gatão chegou bem perto de Capella. De um jeito que Capella nunca tinha visto. Não era mais aquele moleque que ele empregou há uns anos. O jeito do Gatão era um tanto quanto ameaçador.

— Eu sei da herança, cara! Tou sabendo de tudo! E todo mundo está atrás da minha irmã. E eu acho melhor nós dois ficarmos juntos nisso. Mesmo porque o James Lins está lá. E você conhece o James Lins muito melhor do que eu.

A Rainha Tereza chegou em Paris e ligou no celular do James Lins. Era de madrugada. Marcaram almoço num restaurante italiano em Pigalle, logo em Pigalle. Naquela pracinha, dos quadrinhos. Uma da tarde.

Foi o James quem chamara a Rainha Tereza. E James tinha todos os motivos do mundo para chamar o anjo mau. E ela, todos os motivos do mundo para ter ido no primeiro vôo.

— Não adianta, Elyza. Um homem da minha idade não consegue gozar com essa merda. A gente foi criado com o bicho solto. Bons tempos, aqueles da gonorréia. Dois Tetrex e pronto.

Puxando a camisinha para fora, cuidando dos pelinhos, dizendo ais.

Badaró tirava a camisinha e Elyza, com a boca, com a boca, com a boca, com a boca.

Badaró brincou, depois:

— O último orgasmo em Paris!

Elyza se levantou e foi para o banheiro. Chorar. O Badaró sabia que ela tinha ido chorar longe dele. E sabia também que havia deixado ele ali sozinho, ainda com a camisinha na mão, para que, se quisesse, também chorasse.

Mas o Badaró era muito macho para chorar mesmo as dores da morte. Mas chorou. E achou bonito chorar. E tentou se lembrar há quanto tempo não chorava. Sim, já havia chorado até em filme. Naquele filme, Notting Hill. *Elyza/Anna. Mas chorar ele mesmo, do jeito que chorava agora, ele não se lembrava mais há quanto tempo. E naquele momento, pensava ele, não estava chorando apenas a morte inevitável, mas estava chorando tudo o que havia segurado durante toda a vida.*

Ali, num quarto de Paris, sentado na beira da cama, com as pernas finas, muito finas, procurando uma sandália e com uma camisinha murcha na mão direita. A camisinha foi, aos soluços, para o lixo.

Agora Capella estava sentado na beira da cama, depois de um bom banho, onde se lavou por três vezes, apesar de não ter tido nenhum contato mais íntimo com a Miriam. E dois problemas martelavam a sua cabeça. Onde arrumar dinheiro para o Gatão ir para Paris no dia seguinte, um. Outro: a Miriam não saía da cabeça dele.

Foi quando entrou Lurdes de Fátima, vestida para combate.

Não disse nada a Lurdes. Colocou um envelope amarelo em cima da cama. Tirou a roupa de Lurdes e, como Cláudia, falou abrindo o envelope.

— Isso aqui foi a Lurdes de Fátima quem me arrumou.

— Você não quer parar com essa brincadeira de detetive, não?

Ela enfiou a mão dentro do envelope, tirou umas fotos.

Foto um: Miriam abrindo a porta para Capella entrar.

Foto dois: Miriam enrolando fumo com Capella ao fundo, olhando de lado.

Foto três: Capella fumando maconha.

Foto quatro: Capella nu no meio da sala da Miriam.

Foto cinco: Capella nu e fumando maconha.

Capella não deu um pio. Nem Cláudia.

Cláudia limitou-se a ir até a sala e voltar com uma cadeira. Colocou a cadeira em frente ao guarda-roupa, subiu com uma certa dificuldade e abriu a parte lá de cima. Puxou uma mala. Colocou a mala em cima da cama. Abriu a mala.

— O resto você faz...

E saiu.

Capella pegou as fotos que ela jogara em cima dele. Ficou se olhando, nu:

"Preciso dar um jeito nessa barriga..."

Ainda olhando — e com calma — as fotos de sua drogada folia com Miriam, a única coisa séria que o velho jornalista conseguiu pensar foi:

— Se mamãe estivesse viva, não ia gostar nadinha disso.

E passou a analisar não apenas a sua barriga, mas as fotos em detalhes. Pela suposta posição da câmera, a Lurdes de Fátima deveria estar no prédio da frente, dependurada em alguma janela. Péssima qualidade fotográfica, admitiu. Mas o suficiente para qualquer juiz acabar com ele.

Dona Blanche entra no quarto:

— Só queria avisar o senhor que estamos com as cópias. E essa mala, ainda não arrumou?

Capella olhou para a velha. Pelo menos uma coisa: ia ficar livre da matraca.

— Já vou arrumar...

O que estava mais próximo da dona Blanche era mesmo o criado-mudo. E, num esforço acima de suas possibilidades, tentou jogar o móvel em cima do (ex-) genro. Capella olhava admirado. A velhinha conseguiu levantar a coisa até a cintura, levantar mais, até chegar acima da sua cabeça, o pescoço parecia que ia estourar uma veia, ela parecia aqueles baixinhos das Olimpíadas, deu um tranco, o móvel ficou lá em cima, a gavetinha escorregou, bateu na cabeça dela.

Dona Blanche caiu no chão nocauteada. Morta?

Com o barulho entraram, juntas, Cláudia e Lurdes de Fátima.

— Você matou a mamãe!!!

Capella não se abalou. Talvez o fumo ainda estivesse na cabeça.

— Foi suicídio!

Pegou um cachecol e saiu.

Cláudia se ajoelhou, amparando a mãe. Não havia vestígio de sangue. Menos mal. E a velha respirava.

Capella já havia saído, voltou. Pegou as fotos que estavam no chão.

— Dá água com açúcar pra ela...

E saiu. E, pelo jeito, aliviado.

Gatão estava ainda na sala. Sem entender nada. Apenas ouvindo barulhos e gritos no quarto.

— E você vem comigo. E traga todos os disquetes aí do Badaró.

E Capella arrastou o Gatão para fora da sua casa. Depois voltaria para pegar as roupas. Se é que as duas iriam deixar que ele entrasse.

— Veste!

Elyza disse isso muito decidida.

— Você não está doente porra nenhuma! Vamos fazer um check-up. Comendo do jeito que você está comendo, você não está com doença nenhuma.

— Fazer exame nenhum. Você não sabe como dói ver o resultado.

Ela joga a roupa dele em cima da cama.

— Vai, vamos acabar logo com isso de uma vez. Não adianta nada os dois ficarem aqui, chorando.

— Esquece. Não vou fazer nenhum exame. Vamos jantar num italiano.

— Vai, veste, homem de Deus.

— Quero deitar, me cobrir e dormir. E, se possível, não acordar nunca mais.

Ela riu, afagou o cabelo dele.

— Você não acha, Badá, que já está meio grandinho pra ter uma crisezinha babaca como essa? Vai, veste!

Em Pigalle, James e Tereza passeavam entre os quadros, qual turistas em férias.

— Ela sobrevive?

— Sei lá. Você acha que eu posso chegar perto do hospital? Já liguei para o idiota do irmão dela, que não dá notícias. A essa altura do campeonato a polícia francesa já descobriu aquela porrada de remédios para dormir na barriga dela.

— Tudo bem, então. Suicídio...

— Outro, porra?!

Sentam-se num quiosque. Pedem dois copos de vinho. Tinto.

Os dois a pensar.

— Eu vou lá — disse a Tereza, decidida. — Afinal, sou amiga dela. Alguém tem que ficar ao seu lado.

— Mas você vai assim, de Tereza?

— Não, trouxe umas roupas de Miriam. Vou com o meu lado Miriam. É o que a Elyza mais gosta...

No apartamento do Gatão — se é que aquilo poderia ser chamado de apartamento —, mesmo sabendo das falsificações das fitas, Capella e Gatão navegando nos disquetes.

— Tudo isso que a gente está fazendo é inútil, Gatão. Eu não estou com a cabeça aqui. Você há de convir comigo. Depois de uma vida inteira fui mandado embora de casa. Dei uma de machão lá, mas tá foda de segurar.

— Eu entendo. Mas é que, olhando aqui nos disquetes, a gente tem idéia de quando foi modificado e pode ir armando o quebra-cabeça todo. Pelas datas, percebe?

Capella olhando o apê do Gatão.

— Já que a gente vai mesmo se aliar, eu estou pensando em...

— Nem pensar. Ficar aqui, nem pensar. A não ser que você me arrume o dinheiro para ir para Paris. Aqui não cabe nem um e meio. Nem uma abelhinha a mais. Isso aqui tem dez metros quadrados. Vamos organizar a conversa, Capella. Nesta ordem: dinheiro, Paris, lugar para você ficar.

— Sabe que agora que está passando aquela porra da maconha? Nunca mais fumo isso. Veja você: fumei, fiquei pelado e ainda sou acusado de tentar matar a sogra. É sempre assim, quando fuma maconha? A vida da gente passa a ser assim tão emocionante? Parece filme, porra.

— Dinheiro para ir a Paris, Capella. Vamos cair na real. Ou você está pouco se lixando para a minha irmã?

— Vou ter que detonar o cartão de crédito.

— Excelente idéia. Depois a Elyza te paga. Afinal, ela é a herdeira.

Capella pensa, vai até a janela, olha para fora. Fecha a janela.

— Ando agora com problemas de janelas escancaradas.

Se aproxima de Gatão:

— Gatão, me diga uma coisa: a Elyza, digamos, suponhamos, só que isso não vai acontecer, mas suponhamos que ela morra. Quem herda tudo isso? Você? Você fica com toda a grana do Badaró? Assim, numa nice?

Capella não gostou da cara com que Gatão olhou para ele. Gatão não respondeu:

— Hein? Você que herda?

Gatão fica exaltado:

— O que é que você está pensando? Hein, cara? Vamos comprar essa passagem, vamos! Não sei quem herda. Só sei que ela tinha testamento. Todos os anjos tinham. Manias do Badaró.

— Me faz um favor antes: liga lá para a minha casa. Só para saber como está a velha. Apesar de tudo, gosto dela. Vai, liga.

— E ela, a velha, quem herda se ela morrer?

— Vá à merda, Gatão!

Tereza (vestida como Miriam) conseguiu entrar na sala de semi-UTI, onde Elyza estava. Inútil, já havia avisado o médico. Ela estava inconsciente. Saiu, falou com o médico.

— O que foi? Suicídio?

— Não é para mim que você tem que perguntar isso. Isso é assunto da polícia. Se foi suicídio ou tentativa de homicídio, não temos nada a ver com isso. Já falou com a polícia?

— Vou falar, pode deixar.

Miriam estava sozinha no seu apartamento em São Paulo quando tocou o telefone:

— Sua puta! Sua filha da puta! Eu vou te azarar a vida, putinha rampeira! Você não sabe com o homem de quem você foi mexer. Vou te fuder a vida!

E desligaram na cara dela.

E não era a Lurdes, não. Era a Cláudia vestindo a camiseta das mulheres traídas. Uma outra Cláudia estava nascendo, como costuma acontecer com pacatas donas de casa do Brooklin quando descobrem que estão sendo traídas. Miriam que se cuidasse.

Dona Blanche, com uma bolsa de água fria na cabeça, reforçava:

— Vamos acabar com essa rampeira! Não sobrará silicone sobre silicone!

Badaró ficava passando o dedo indicador no esparadrapo no meio do seu braço, no local da picada.

— Você acha mesmo?

— Pô, Badá, parece que você não conhece a Naretta.

— Mas chegar a esse ponto? Olhaí, eu já estou entrando na sua, pensando que eu não tenho nada.

— É só esperar até amanhã pra gente pegar o resultado. Aí, meu amor, vou tomar o seu sangue. (dá um beijo longo na boca do Badaró) Tomar, não. Tirar. Vou te matar. De amor!

Badaró chama o garçom:

— Monsieur, c'est posible un vin Pouilly s/Loire Sancerre, 78?

— Oui!

— Que moda é essa?

— Era o preferido de Alec Guinness. Morreu hoje.

E os dois ficaram ali bebericando o vinho e assoviando "A Ponte do Rio Kway".

E rindo com a Elyza, imaginando que os dois ainda iam viver muito. E viver muito e juntos. Como convém às pessoas que se amam. E assumem isso.

Jamais saberemos como foi que a dona Blanche e a Lurdes de Fátima conseguiram. Mas naquela tarde saíram do Cartório Dupret sabendo que a herdeira da Elyza era a Miriam.

— E que, portanto, Alcides Capella estava metido numa encrenca das boas.

Segunda garrafa de Pouilly s/Loire Sancerre, 1978. Badaró solto, Elyza presa à certeza que ele ainda ia viver e muito.

— Engraçada a vida...

— Badá, você não vai começar a filosofar barato de novo, né?

— Vou. Você vai me desculpar, mas vou. Deixa eu recomeçar: engraçada a vida. Se existe uma pessoa no mundo a quem a minha morte pode interessar, esta pessoa é você. A chamada herdeira universal. E aqui está você batalhando para que eu possa acreditar que existe luz no final do túnel!

— Luz no final do túnel, Badá? Bebe e cai na frase feita? Agora você exagerou.

Beijinho na bochecha, quase séria:

— Badá, a Naretta e o Takashi, que estão armando essa palhaçada toda, já devem saber quem é a herdeira. C'est moi... Então, vamos raciocinar aqui nesse boteco de Marais. Matam você, eu herdo. O que eles ganham com isso? Nada. A grana apenas muda de dono. Eles ainda não ganharam nada. Está seguindo o meu raciocínio, meu anjo?

Badá fez com que ela calasse a boca com um beijo tinto.

— Quero falar disso, não. Vamos esperar até amanhã. O exame.

— Tudo bem. Mas deixa só eu concluir uma outra coisa. Eu também estou interessada no seu dinheiro. Mas de nada vale o seu dinheiro sem você, meu amor.

E caíram na gargalhada do lugar-comum. Franceses ao lado jamais entenderiam aquelas gargalhadas. Jamais.

— E me matam e tudo fica para a Miriam. E a Miriam está perto da Naretta. E quando a Miriam vira Tereza, sai debaixo. A coisa vai complicar, meu amor...

No flat em São Paulo, Frau Cyrene recebe a visita do travesti divino maravilhoso, mais acabado do que nunca. Qua-

se um fiapo. Precisava de dinheiro para comprar remédios. O câncer estava se espalhando — a olhos vistos — por todo o seu corpo. Pouco tempo de vida lhe restava. Queria revender as perucas para a Frau Cyrene. E mais pedia:

— Fui despejado. Não tenho onde morar. Você...

Frau Cyrene fica com pena. Aquela bicha velha, cancerosa, silicone escorrendo pelo corpo, magérrima, na chamada rua da amargura, que foram as palavras usadas por Frau Cyrene, estava quase implorando.

— Me arruma qualquer coisa. Dinheiro, comida, uma cama.

— Acho que a primeira coisa que você precisa, Miss, é um bom banho. Você está fedendo. Vou pegar uma toalha. E não vou comprar peruca nenhuma. Se é de cocaína que você precisa, me fala que eu descolo. Mas esse papo... Toma essa toalha. Hoje você dorme aqui. Amanhã a gente dá um jeito nisso.

Joga a toalha no rosto dele.

— Desde pequeno, Gerald, que você não gosta de banho. Desde o tempo que a gente morava na Europa.

— Tem xampu?

— Está lá. Na janelinha.

Miss Gerald dá um beijo na irmã e vai tomar banho.

Tereza, loira como Miriam, meiga como a irmã gêmea, dispensou intérprete para falar com a polícia.

Entre outras coisas, ficou sabendo que a polícia tinha dado uma geral na casa da Elyza e nada desabonador havia sido encontrado. Nenhum remédio para dormir, como os que foram encontrados no estômago e intestino. Nem isso. A polícia desconfiava de tentativa de homicídio. Tereza fugia do assunto, queria saber da saúde da amiga.

— Não somos médicos! Isso é lá no hospital. E aquele senhor que trouxe a vítima aqui, conhece?

— Pela voz. Me ligou para o Brasil pedindo que viesse. Me deu o endereço do hospital. Ele não se identificou. Me deu o telefone do hospital, pediu que eu ligasse para confirmar e eu fiz isso. Cheguei essa manhã.

— Quer dizer que a senhora afirma não conhecer José Augusto Magalhães Esteves Soares?

Tereza teve até vontade de rir com a pronúncia francesa daquele Magalhães. Ogu era Augusto, mas o Magalhães seria impossível de reproduzir.

Teve que deixar cópia do passaporte e endereço do hotel. E a polícia foi civilizada.

— Estaremos seguindo a senhora. Entenda: se alguém quis matar a sua amiga, pode querer matar outras pessoas. Ou não? E o caso já foi comunicado à Embaixada do Brasil. Me parece que o passado da vítima não era dos mais recomendáveis.

— Posso ir?

— Só mais uma coisa. O apartamento dela está em nome de Ozanan Badaró, brasileiro. Sabe quem é? Conhece?

— Ozanan, o quê?

Gatão barrado na porta.

— E o senhor não me entre aqui!

— Mas dona Blanche, eu só vim pegar umas roupas pru homem.

— Deixa ele entrar, mãe.

Gatão entrou. Cláudia chegou na sala. Fez sinal para que ele a acompanhasse até o quarto. Gatão foi, ressabiado. Ela abriu a janela. Escancarou. Abriu o guarda-roupa. Foi pegando as roupas e jogando para a rua, lá de cima, mais de dez andares.

Gatão saiu correndo, pegou o elevador e foi esperar as roupas lá embaixo, atrapalhando o trânsito. Envergonhadíssimo.

Depois da última cueca, caiu um peso pesado. A velha Remington do Capella. Depois disso, folhas e mais folhas. Todos os primeiros e últimos capítulos dos romances de Alcides Capella, inéditos.

Deu trabalho aquela parte da vida do amigo foragido.

Quando ele achou que mais nada cairia do céu, uma caixinha bateu na sua cabeça e rolou pelo chão. Um garoto correu e pegou. Olhou o que era e entregou para o Gatão.

— Viagra, tio?

Lá em cima, dona Blanche:

— Acho que não era o momento. O seu marido está correndo perigo.

— Sim, mas quem está a perigo, no momento, sou eu. A Lurdes de Fátima pode estar preocupada com ele. Eu, não. Vamos jogar crapô!

treze

badaró: milhares, milhões de fichas caindo
capella: pega a foto: saudades do pecado

Padre Orlandi e Capella jogam buraco.

— Padre Orlandi, *aequo ánimo poenam, qui meruere, ferunt.*

— Sim, Carlos Alcides, sim. Mas tenho minhas dúvidas se realmente você está suportando de bom grado o castigo que merece.

— E agora, padre Orlandi? Juro debaixo da confissão verdadeira que nada aconteceu com a garota.

Padre Orlandi ficou olhando para ele. Pegou as fotos e ficou admirando. Estava demorando mais tempo do que o necessário. Capella percebeu que ele demorava mais nas que a Miriam aparecia. Depois, com a calma que só os salesianos encontram nessas situações, colocou dentro do envelope.

— A nudez, Carlos Alcides... A nudez... Quantos pecados se cometem em nome da nudez? Já dizia Nelson Rodrigues, aquele obsceno: toda nudez será castigada!

Capella se assustou com a referência.

— O senhor já leu Nelson Rodrigues, padre Orlandi?

O padre se desconcertou.

— Isso não vem ao caso. Aqui, no caso, o pecador é o senhor.

— Mas eu não pequei, padre! Estou jurando!

— Está é blasfemando. Meu caro, diante de uma formosura dessas, nua, até o Papa. Até o Papa! Que ele me perdoe. Está vendo as barbaridades que você me faz dizer? Como é que você tem a cara-de-pau de me dizer que não pecou? Você não é mais um adolescente, Carlos Alcides. Confesse que ao ver essa foto (pega novamente a foto dentro do saquinho), exatamente esta, o senhor não pecou? Não teve maus pensamentos?

Capella pega a foto. Saudades do pecado. Saudades do quase pecado. Pensou no Cony.

— Mas padre Orlandi, não é isso que eu quero discutir com o senhor. O que eu quero é saber se tem um lugar pra eu ficar aqui. Pelo menos por hoje.

— O quê? Com um dossiê desses, ainda vem pedir abrigo na casa de Deus? Volte para a sua casa — que Deus ainda a habita — e peça perdão à sua mulher. Redima-se!

Capella irritado se levanta para ir embora. Padre Orlandi segura as fotos.

— As fotos ficam. Não quero que caia em tentação novamente. As fotos ficam. Serão incineradas! Irão arder no fogo eterno.

Com as mãos girou sua cadeira para acompanhar Capella.

Nove da noite em Paris.

Badá e Elyza ouvem "As Quatro Estações", de Vivaldi, numa altura que quase não deu para ouvir a insistente campainha do interfone.

Lá embaixo, ainda na rua, a amiga de Elyza se identifica:

— É a Miriam, Elyza!

Sim, era a Miriam. Não era a Tereza. Era a Miriam. E a Miriam era amiga da Elyza. Talvez a melhor amiga.

Enquanto a Miriam subia, Elyza e Badaró comentavam sobre ela. Elyza e Miriam eram catarinenses. Ficaram amigas pra valer mesmo foi sob a tutela dos anjos de Badaró.

Mas o Badaró gostava mesmo era da Tereza. Badaró sempre achou que a Miriam se travestia de Tereza. Badaró não sabia que eram duas. Nem Elyza sabia disso.

E James, agora, conversava com Tereza, por telefone. Mesmo depois de ser avisado que era muito provável que o telefone dela estivesse grampeado.

James estava desesperado. Entrou numa de que as fronteiras da França estariam bloqueadas para ele.

E estavam. Foi o que ele percebeu imediatamente ao sentir uma mão no seu ombro e virar-se para trás ali perto da igreja de Saint Paul. Eram os homens.

— Monsieur Magalhães?

James não teve nenhuma vontade de rir.

"Fudeu..."

— Sujou, baby...

Foi o que ele ainda conseguiu dizer ao telefone.

Tereza entendeu o toque do James. Desligou o telefone e, como num filme, foi até a janela e olhou lá para baixo.

Não havia dois suspeitos encostados no poste da esquina, falando baixinho um com outro, com *Le Libération* debaixo do braço. Pegou o celular brasileiro em roaming. Discou para a Naretta e repetiu as palavras de James. Só isso:

— Sujou, baby.

Naretta, curiosa:

— Dançou?

— Bailou na curva. E agora eu sou a caça. O que eu faço?

— Me dá um tempo.

Desligaram.

— Que cara é essa?

— Takashi, Takashi, o James tá preso em Paris.

— Fudeu.

— Em verde e amarelo.

Ficam se olhando, em silêncio. Pensam.

— E a Elyza, como está?

— Nem perguntei.

Novo silêncio.

— Existe extradição...

— Existe. A essa altura a Embaixada já foi informada.

Naretta acendeu um charuto.

— Liga para a agência de viagem.

— Para onde vamos?

— Você, eu não sei. Eu vou para Cuba. Vou para Cayo Largo.

Takashi se aproxima dela.

— Você não acha que a gente deve ficar perto?

— Já disse. Você faz o que quiser. Eu vou para Cayo Largo. Me dá a chave do cofre.

— Vou pedir duas passagens.

Enquanto Takashi vai buscar a chave do cofre, Naretta pega um catálogo de viagem.

— Tem vôo hoje. Meia-noite e 15. Marca lá. Te pego na sua casa às nove da noite. Me confirma e eu te pego.

Naretta abre o cofre. Pega uma sacola. Enche de dólares.

— Deixa que eu levo o dinheiro.

Takashi olha para ela, desconfiado.

— O que que é, não confia em mim? Vai, liga para a agência, vamos, japonês!

Ainda restava ao japonês um mínimo de consideração humana.

— E a Tereza?

— A Rainha Tereza que se foda! Ou você quer levar ela para Cuba, muchachito?

Tragou e soltou.

Tereza, agora de Tereza mesmo, para disfarçar, está agora tomando um café na rue de Lille, no jardim interno do Trendy: Le Telegraphe. Desconfiada, achando que todos os que estão ali são da polícia francesa. Nem todos. Apenas dois, o suficiente.

Badaró não sabia que Elyza e Miriam se davam tão bem. Pensando bem, tinham muito em comum. A origem geográfica e a angelical, através dele mesmo.

"Acabou o café" foi a desculpa que a Elyza deu para descer com a Miriam. Realmente compraram café. E a conversa rolou na fila do supermercado.

— Presta atenção, Miriam: não vou entrar em detalhes, mas presta atenção. Estão querendo matar o Badá.

— Não acredito!

— Não fala, presta atenção. Em primeiro lugar, guarde um nome: Alcides Capella. É um amigo do Badaró. Amigo de infância. De troca-troca, sabe? É a única pessoa no mundo em quem o Badaró confia 100%. O problema é que estão querendo matar o Badaró. Não me pergunte sobre isso. Vamos ao que interessa. O Badaró me disse — e eu acredito – que, se ele morrer, vai deixar tudo pra mim. Conseqüentemente, Miriam, essas mesmas pessoas virão em cima de mim. É o óbvio ululante, como diria o Nelson Rodrigues.

Chegam no caixa. Pagam.

Na rua, as duas andam em silêncio carregando pacotes. Miriam olhando para Elyza, que caminha firme, olhando para a frente.

— Como é mesmo o nome do amigo dele?

— Capella. Alcides Capella. Trabalha no Diário da Noite. *Gente fina. Qualquer problema, pode abrir o jogo com ele. Pode confiar cegamente nesse sujeito. Já disse: gente finíssima.*

As duas continuam pela avenue Franklin Roosevelt, como duas francesas despreocupadas e quase adolescentes.

— Forsan et haec olim meminisse iuvabit!

— Quê?

— Talvez um dia venha a ser gratificante recordar estas coisas. Alcides Capella?

As duas se abraçam quase derrubando os pacotes.

— Taí um bom sujeito para resolver o seu problema, Miriam.

— Maiestatem res data dantis habet. *A coisa dada se reveste da majestade de quem dá...*

Enquanto Takashi arrumava a mala, Naretta falava. Falava sem parar. Com um taco de beisebol dos bons tempos do japonês nas mãos.

— Um dia você ia ficar sabendo mesmo de tudo, Takashi. Você estava me ajudando, estava do meu lado, mas você não sabia aonde isso ia acabar. Matando o Badaró eu resolvi dois problemas. Um profissional e um sentimental. Até hoje não sei qual foi que falou mais alto.

— Você é foda...

— Mas o que você não sabia, Japa, é que a herança dele ia ficar para a Elyza. E o que você não sabia também e eu sabia é que a herança da Elyza iria ficar para a Tereza. E a Tereza é minha, Japa.

— Sua?

— Em todos os sentidos que você quiser. E puder imaginar...

— Naretta...

— Só que ela dançou. Ela dançou e você é muito enxerido, Takashi. Ficou sabendo mais do que devia. Quer ajuda na mala?

No que Takashi se curvou para fechar a mala, o taco de beisebol fez o resto.

E agora, ali estava Alcides Capella de mala nas mãos, no vão da porta da Miriam.

— Posso?

Aquela conversa na avenue Franklin Roosevelt voltou na cabeça da doce Miriam.

— *Maiestatem res data dantis habet.* Entra...

Ele entrou, foi para a poltrona amarela e disse rápido:

— Antes do uísque e do fumo: como é que você sabia do meu nome? Como é que você sabia quem eu sou? Há dias estou pra te perguntar isso. Desde o velório do Badaró. Você me olhava sabendo de alguma coisa...

— É uma história longa, Capella. Muito longa.

Ajeitou-se:

— Sou todo ouvidos.

— Calma, meu caro repórter. Eu conto tudo. Mas calma. Em primeiro lugar, me explica o significado da mala.

— É uma história longa, Miriam. Muito longa.

Miriam senta-se no chão:

— Sou toda orelhas. E posso te prometer que hoje eu não vou virar Tereza. Hoje a Tereza está longe... Muito longe.

— Vou aceitar um uisquinho. Simples. Modesto e social.

Na sala de embarque internacional de Cumbica, em Guarulhos, Naretta não viu Gatão. Mas Gatão viu Naretta. Naretta estava junto com vários turistas que iam conhecer a ilha.

Gatão liga para a casa do Capella.

— Eu sei que ele não está aí, dona Cláudia. Eu sei de tudo, até do galo que eu tenho na cabeça. Mas é muito importante. A senhora tem que encontrar ele. Eu estou indo para Paris. A senhora tem que avisar o Capella que a Naretta está indo para Cuba. Cuba, entendeu? Ele precisa saber disso. É muito importante. O celular dele? Me dá o número, porque eu só tenho no meu, entende? No meu celular, dona Cláudia!

— Olha aqui, Gatão, eu não devia fazer isso e você sabe muito bem os porquês! Mas você tem alguma idéia de onde eu posso encontrar aquele filho da puta? Se eu ligar no celular, ele não vai atender mesmo.

— Fala com o padre Orlandi. Conhece?

Ela deu o celular do marido. Desligou.

— E você ainda vai ajudar o bandido, minha filha?

— Padre Orlandi... Eu sei muito bem onde é que ele está escondido. Muito bem.

— Se for onde eu estou pensando, quero ir junto.

Longe dali, a polícia encontrava o corpo de Takashi estendido na sala do seu flat. Uma simulação barata de suicídio, presumiu logo a polícia. Um tiro na boca, mais ou menos igual ao do Badaró. Dentes para tudo quanto era lado.

A vizinha ouviu o tiro, mas não viu ninguém saindo de lá.

— O nome da senhora, minha senhora?

— Frau Cyrene.

O padre Orlandi não podia imaginar que aquelas duas mulheres fossem lhe fazer uma proposta daquelas.

— Se ele não está aqui, o senhor sabe onde ele pode estar.

O padre Orlandi pensou em dizer não, que um homem como ele não poderia se envolver com uma mulher daquele naipe (palavra dele) e coisa e tal, mas lembrou-se das fotos já tão manuseadas e pensou que não seria nenhum pecado conhecer aquelas costas, ao vivo. Além do mais, estava fazendo um serviço de caridade e de fé, esperança e caridade, ele entendia.

— Se o bom Deus está me chamando para essa missão, não posso negar.

Foi dona Blanche quem disse:

— O Senhor é o meu pastor e o senhor será a nossa testemunha. Tá com a máquina fotográfica aí, Lurdes de Fátima?

— Lurdes de Fátima? — surpreendeu-se padre Orlandi.

Pouco acrescentou o primeiro depoimento da Frau Cyrene, toda de preto, ali mesmo, no corredor do flat. Apenas confirmou que a vítima era mesmo funcionário daquele outro que há pouco tempo tinha dado um tiro na boca. O seu Badaró.

— A senhora não acha que é muita boca e muito tiro para um flat só?

— Acho. É a prostituição, meu filho. É o pecado que mora ao lado da prostituição.

— Belo filme.

— O quê?

Foram muito fortes e contundentes os argumentos de Gerald, ou Miss Teriosa, para convencer Frau Cyrene a receber o irmão no seu pequeno flat todo cheio de cabelos alheios.

Depois, já instalado:

— Mana, você tem idéia do porquê o Badaró queria tanto os cabelos daquela peruca?

— Não faço a mínima idéia. Será que era para ele?

— Imagina, um bofe daquele... Vai ver, era para dar para alguma putinha dele... E se você não se incomodar, preciso de um dinheiro para os remédios.

A polícia francesa tinha toda a ficha de José Augusto Magalhães Esteves Soares, aliás James Lins. Indiciado pela morte de Diana em 1995.

Mesmo dito em francês, ele entendeu que isso não era problema da polícia francesa. Que isso ele devia era para a brasileira. Mas que tão cedo ele não seria extraditado.

Aquele veneno no estômago da Elyza havia sido muito indigesto para ele.

James pediu um advogado, pediu que ligassem para a Embaixada, pediu intérprete. Pediu até mesmo um suco de laranja. Só conseguiu o suco de laranja. E o intérprete, só no dia seguinte.

Badaró, com um sorriso bom, batia o envelope no joelho, cantarolando o hino nacional francês. Abriu a janela e gritou do quinto andar da rue de Boccador:

— Vírus porra nenhuma!!!

Entram as duas. Bastou ver o rosto do Badaró para Elyza pular em cima dele. Esqueceu o tamanho dela e a fragilidade dele e ambos foram ao chão. E no chão ficaram. E no chão rolaram.

Miriam, que ainda estava na porta, sentiu-se um pouco estranha no ninho, fechou a porta fazendo o barulho necessário para que os dois soubessem que estavam sozinhos.

Alguns botões em fúria desgovernada voaram pelo carpete e eles estavam nus, um diante do outro. Nus e puros. Badaró puxou Elyza pelo braço, levou até o outro lado da sala e a encostou na parede. Com toda a calma do mundo, foi para a parede oposta e se encostou nela. Estavam a uns dez metros um do outro.

Ele deu um passo muito pequeno na direção dela. Ela fez o mesmo. Os braços esticados, os corpos quentes e calma fria. Eles não sabem quanto tempo levaram até se encostarem com as pontas dos dedos das mãos e dos pés, simultaneamente. Eles só sabem que quando se tocaram, gozaram e caíram para trás. Pela segunda vez. Vivos.

Foi meio complicado para a Tereza explicar para a polícia todo aquele seu aparato sexual. Nem mesmo a experimentada milícia francesa pôde ficar quieta diante do arsenal da mulher. Eles pegavam as peças, como estão pegando agora o chicote, um mostrava para o outro. O outro examinava aquilo que tinha, na ponta de cada fio de couro, uma bolinha com um líquido verde em um, azul em outro...

— Conforme vai batendo, as bolinhas vão explodindo e colorindo o corpo da pessoa.

Era mesmo abusada a Tereza:

— Quer experimentar, monsieur?

E era para um outro policial que o Gatão, com aquele seu visual estranho, no hospital, mostrava os documentos provando ser irmão da "brasileira do 201". Só depois disso, ele conseguiu falar com os médicos. E ter permissão para ver Elyza.

— Ela está fora de perigo, fique pouco tempo com ela.

— Fora de perigo mesmo?

O policial se adiantou:

— O senhor conhece José Augusto Magalhães Esteves Soares, vulgo James Lins?

— Sim.

— E Miriam Malinowski?

— Sim.

— E conchita boluda, lhe diz alguma coisa?

— Conchita o quê?

E o francês repetiu com o sotaque dele:

— Conchita boluda. Quando ela estava em coma dizia "Conchita boluda, conchita boluda"...

— Sei... E essas pessoas, o James e a Miriam?

O policial não respondeu, mas fez uma cara péssima. Gatão se lembrou do James dizendo: deram alguma coisa para ela tomar.

Os dois se vestindo.

— Mas você não tinha certeza, Elyza! Confesse...

— Como que eu não tinha certeza? Só pedi para você fazer, para acabar logo com essa paranóia sua.

— Se você tinha certeza, por que você também fez o exame?

Ela ficou lívida.

— Por quê? Chegou o meu também?

— Peguei os dois. Você nem me disse. Ali, ó.

Elyza pega o envelope em cima da mesa. Abre, corre e pula no colo dele. De novo os dois vão para o chão. Pela terceira vez. Ela bate com o resultado do exame no rosto dele.

— Você me promete uma coisa? Se for menino não vai se chamar Ozanan Badaró Junior, né?

Badaró fica olhando, a ficha caindo. Milhares, milhões de fichas caindo. Feito as lágrimas.

Estava muito branca a Elyza naquela cama. Dormia. Gatão estava sentado numa cadeira de plástico. Era uma sala de semi-UTI. À direita de Elyza uma velha se coçava, magérrima, com cara de terminal. Em outra cama, uma francesinha estava ligada a vários fios e tubos, numa imagem quase futurista. O rosto pálido, lívido, de todos os pacientes.

Gatão se levantou e foi até os pés da irmã. Ela respirava, serena. Passou as mãos sobre o lençol nos seus joelhos. Elyza abriu os olhos. Sorriu para o irmão, sentindo-se apoiada, e fechou os olhos de novo. Um semblante tranqüilo.

Passou pela cabeça dele a infância no interior de Santa Catarina. Elyza é mais velha, mais experiente. O quintal, as galinhas-d'angola, o frango ao molho pardo, a mangueira, as mangas verdes que comiam com sal e depois ficavam com dor de barriga. Ele se lembrou que tinha ciúmes dela. Muito. Depois, vergonha da irmã que se dizia anjo, mas na verdade era mesmo uma puta. E foi de puta que ele a chamou quando deixou de receber dinheiro para a cocaína.

Mas também foi ela quem esteve do lado dele quando resolveu deixar o vício de vez. Foi ela quem falou com o Badaró para o Capella arrumar o emprego no jornal.

Gatão alisava o rosto dela, que parecia sorrir por dentro. E pensava nos dois nomes que a polícia havia perguntado para ele: James e Tereza. Foi quando caiu em si.

Como a Miriam/Tereza poderia estar ali, se o Capella, muito provavelmente, estava com ela em São Paulo?

Voltou para a portaria, queria saber do policial o que é que ele sabia sobre a Miriam. O policial não estava lá. Foi até a recepção, e apesar do péssimo francês, conseguiu o nome das visitas para a irmã: e estava lá o nome da Miriam, com todas as letras. Merci e voltou para o quarto.

Antes de entrar, pegou o celular e discou.

Miriam e Capella estavam num empurra-empurra quase infantil para ver quem é que ia falar primeiro, quando tocou o celular.

— É o meu ou o seu?

— O meu toca "Bésame Mucho".

O Capella sempre demorou para achar o celular. Olhou quem estava discando. Só podia ser a Cláudia. Mas lá dizia: chamada não identificada. Só podia ser orelhão ou internacional. Gatão. Atendeu.

— Alô. Tudo bem? Como está aí? Ótimo, muito bom. O quê? Espera aí. Eu estou na casa dela. Claro que ela está aqui. Tá achando que eu fiquei louco, cara? Está aqui, bem na minha frente.

Miriam gesticulava com os dedos unidos: ma que!

— Sei. Você tem certeza? Absoluta, Gatão? Sei. Cuba? Mas por que que... o James Lins está preso? Acha ou tem certeza?

Miriam foi ficando cada vez mais preocupada e se aproximando.

— Quem é?

— Sei, sei, sei. O seu celular está funcionando aí pra receber também? Dou notícias. Me ligue. Outro.

Capella desligou e ficou olhando para a Miriam, sem saber por onde começar. Mas foi ela quem começou:

— O James Lins está preso? Onde?

— Paris! Parece que ele tentou matar a Elyza.

Miriam se levantou e começou a andar pela sala. Tensa. Começou a chorar. Capella foi até ela e a abraçou. Toca o celular, de novo. Para ele.

— Capella. Claro. Conheço, claro. Foi assassinado?

— Quem?, pelo amor de Deus!

— Suicídio forjado, é? Tudo bem, Dragão, estou indo para a redação.

Desligou.

— Eu volto!

— Quem é que foi assassinado?

— O Takashi, do Badaró.

Miriam senta-se, coloca as mãos no rosto e começa a chorar.

— Não me deixe sozinha! Pelo amor de Deus, não me deixe sozinha! Eu vou com você.

— Pra redação?

— Bem que a Elyza me disse...

— Disse o que, quando?

— No caminho eu te conto. Vamos. Vira logo esse uísque. Estou com medo, Capella... Muito medo... Você está armado?

— Calma, menina. Por que que eu andaria armado?

Miriam vai até o quarto, pega uma blusa e uma caixa. Entrega a caixa para o Capella.

— Vale esse!

— O quê?

— Vamos!!! Vale esse...

catorze

badaró: eles vêm em cima de mim e de você
capella: e aquela gatinha? na sua idade...

Agora na rue du Boccador estavam apenas Elyza e Miriam. Elyza volta do quarto com um embrulho.

— Você vai ficar com isso lá no Brasil. E só pode entregar para uma pessoa: o Alcides Capella, de quem lhe falei de manhã. Você tem que entregar para ele e dizer: vale esse.

— Vale esse?

— Vale esse. Ele vai saber o que é. Vamos, vou te levar para o aeroporto. Orly ou CDH?

— Posso pelo menos saber o que tem aqui dentro? Um par de sapatos?

— Nada que possa te dar problemas nem na saída aqui e nem na entrada lá. Com a polícia, eu quero dizer. Disquetes. Inocentes disquetes. Mais ou menos um diário do Badaró. Vale esse, certo?

No prédio da Dacon, Naretta tinha acabado de receber um telefonema do Badaró. Ia chegar na manhã seguinte.

Era para mandar um motorista buscá-lo em Cumbica. Seis e meia da manhã. Naretta estava com a cara fechada. Takashi percebeu.

— O que foi, o que mais ele falou?

— O problema não foi o texto que ele disse. Foi a voz. Firme, saudável. E o pior: muito tranqüilo. Demais para o meu gosto. Era como se...

Naretta não teve coragem de terminar. Mas Takashi teve:

— ... tivesse descoberto tudo?

— Por aí. Lembra que um dia ele disse que era estranho quando estava lá em Paris, porque ele comia e engordava? Aquela mulher, aquela filha da puta da Elyza. Cria nossa. Chegou aqui não sabia nem o que era um gerúndio.

— Um o quê?

— Foi ela.

— Acho que você está se precipitando.

— Conheço muito bem o Badaró. E muito bem aquela puta loira. Anna Argentina...

Pensa.

— O James não vai querer nos ajudar mesmo. Liga para a Rainha Tereza. Ela tem, ainda, uma certa influência sobre o James. Não queria, mas vamos ter que precisar dele.

— Contra o Badaró?

— Não, seu energúmeno, contra a Elyza. Primeiro um, depois a uma. Está conseguindo seguir o meu raciocínio?

— Médio...

— Vai, me acha a Tereza.

A jovem médica que se identificou como Anna Mary chamou Gatão para fora do quarto coletivo. Dizia para ele *enceinte, enceinte* e foi difícil para o Gatão entender que a paciente estava grávida e seriam necessários uns exames. A probabilidade dela ter perdido *le petit enfant* era muito grande.

— Grávida?

— Oui.

E Elyza sai do quarto numa cama de rodinhas. E some atrás de brancas portas.

Gatão senta-se no corredor. O que a doutora Anna Mary descobriu pode mudar toda a história. "E, se grávida está, só pode ser do Badaró. E, se for do Badaró, esse bebê torna-se, automaticamente, o herdeiro da Elyza."

Portanto a Elyza não podia morrer. Pelo menos nos próximos oito meses. Se tivesse um advogado por ali, o Gatão ia se dependurar nele. Avisava o Capella? Melhor não. Precisava primeiro falar com a irmã.

Mas não foi necessário. Chegou monsieur Fabrice, chefe da sua irmã no hotel. Queria saber do estado dela. Falavam em português. M. Fabrice falava pelos cotovelos, elogiava Elyza, contava dos progressos dela na hotelaria. Adorava Elyza, estava preocupado. E mais disse: que ia sentir a sua falta quando ela fosse dar à luz.

— Ah, o senhor sabia?

— Sim, cheguei a conhecer o namorado dela. Monsieur Badarró. Grande conhecedor de vinhos. Charmosíssimo. Encante!

Era tudo que o Gatão precisava saber.

No engarrafamento:

— Calma, Capella, depois eu explico o fato de eu estar aqui e em Paris ao mesmo tempo. Tem uma coisa mais grave. Eu sou a herdeira, entende?

— Herdeira de quem?

— Da Elyza. Se ela morrer, eu sou a herdeira.

Capella ficou olhando para ela.

— Isso quer dizer que a morte dela, apesar da tristeza, né?, que isso dá, significa muito dinheiro.

Como chorava a Miriam.

— Mas é isso. Em primeiro lugar, o documento da Miriam é da Tereza. Eu não tenho documento. Quem é a Miriam é a Tereza.

No sinal fechado, Capella ficou olhando para a cara dela, sem entender absolutamente nada.

— Fumou?

— E eles vão me matar... Vão me matar. Não me deixe sozinha.

— Quem, menina, quem?

Ela enxugando o rosto na flanelinha. Seu rosto ficou todo sujo de graxa. "Uma gracinha", ainda teve tempo de pensar o Capella. Mas a pergunta era mais importante:

— Eles quem?

— Os que mataram a Diana, o Badaró, o Takashi e agora tentaram matar a Elyza. Depois sou eu...

Chorava e tremia.

— Sim, mas quem são eles?

— A Organização!, porra...

Capella achou melhor nem perguntar pela tal Organização. Era muita informação para um trajeto só.

Tira um lenço limpo e dá para ela. Ela tem um minuto de relaxamento.

— Tinha certeza que você usava lenço. Você tem cara de cara que usa lenço. Mas não precisava exagerar: C.A.C.?

— Chegamos. Limpa essa cara.
"Organização..."

Naretta e Tereza, na parte de cima do bar Balcão, falavam baixo.

— Eu tenho certeza que ele descobriu tudo. Aquela puta!

— Um pouco de respeito com essa palavra, Naretta!

— Vá à merda!

— Quando ele chega?

— Amanhã cedo. O que eu sinto é que agora é ele ou nós!

— O que você sugere?

— Sei lá, Tereza. Se eu tivesse uma solução não teria te chamado. Não quero problemas, quero soluções. Aliás, essa frase é do Badaró.

— Muito boa, por sinal. Mais dois chopes, garçom. O ideal seria o avião explodir.

— Tereza, quer levar a coisa a sério? Se bem que o vôo é da TAM...

Capella, estou no avião, agora. Talvez seja o último dos meus disquetes. Sei que assim que pisar no Brasil, corro perigo. Lá em Paris, com calma (e engordando!) pude fazer uma retrospectiva da minha vida desde que comecei a trabalhar com a Diana. Mais atentamente ainda, desde que a Naretta entrou na minha vida. Desde que eu descobri que ela e o Takashi deram um jeito do James matar a Diana, que eu fiquei com um pé atrás. Aliás, os dois. Pensando agora: talvez seja melhor eu não ir para o apartamento. A Naretta é capaz de fazer qualquer negócio (qualquer!) por dinheiro. E faz com muita (bota muita nisso) inteligência. Eu não posso negar: ela é uma das pessoas mais inteligentes que eu já conheci (fora você, é claro). Pensando agora: de qualquer maneira eu vou ter que dar um pulo no apartamento. Preciso tirar umas coisas de lá.

Dona Blanche e Cláudia/Lurdes de Fátima sentadinhas no saguão de entrada do prédio de Miriam. Padre Orlandi zanzando com a sua cadeira de rodas.

— Eles voltam, mãe. Uma hora eles vão voltar.

— Eu, por mim, molhava a mão aí do porteiro, subia lá e arrasava. Não deixava nada em pé. Cortava todas as roupas da puta. Xales eu roubaria, mas o resto eu detonava. E deixava todas as torneiras abertas. Fazia um servicinho de primeira.

— A idéia não é de todo má, dona Blanche.

— Detonar!!! Não deixar pedra sobre pedra!!!

— Meninas, sejamos civilizados!...

Não se sabe quem ficou mais contente com a notícia da doutora Anna Mary: mãe e bebê iam sobreviver. Estava tudo em ordem.

A maca passou logo em seguida com Elyza sorrindo para os dois. A doutora pediu que eles voltassem mais tarde.

E os dois foram para o bar mais perto.

Entram no Club de Rencontres Sebastopol, na rue de la Gaité. Não demorou um segundo para Gatão perceber que era um bar gay.

— Desculpa, achei que você era. Com essa unha pintada...

— A merde!!!

No seu quarto, Elyza pensava no destino:

— Precisava se chamar Anna, a médica? Anna, com dois enes?

Naretta e Tereza no quinto chope.

— Seja lá o que tivermos que fazer, tem que ser amanhã mesmo!

— Sim, mas o quê? Onde? Como?

— Por enquanto eu só sei o porquê... Suicídio!

O Venceslau (assim mesmo, com V) morava no Ipiranga, bairro de São Paulo. E era neste bairro que Naretta e Tereza estavam perdidas. Provavelmente as duas nunca tivessem ido até aquele bairro. Perdidas e de pilequinho, como insistia em dizer da própria condição a Naretta.

Mas a Tereza garantia o Venceslau. Por sorte, estava na condicional e os dólares da bolsa da Naretta eram mais do que suficientes. O Venceslau ia resolver o assunto Badaró. Depois, em Paris, o James se encarregaria da Elyza.

Mas a Naretta pensou em desistir quando viu a figura na porta do bar As Margens do Ipiranga. Ainda de dentro do carro:

— Você ficou louca, Tereza? Como é que esse sujeito aí vai entrar no prédio? Vestido desse jeito?

— Esse não é o Venceslau, Naretta. Esse é o pai dele. É empresário do garoto.

— Garoto? Quantos anos tem o cara?

— Vinte e pouco... Mas com um belíssimo currículo. Oito anos de Febem! Escoladérrimo. Fica fria.

O Venceslau pai fez questão de contar todas as 50 notas de 100 dólares. E umas, ele olhava contra a luz, profissional que era. O restante, no dia seguinte. No fundo do bar, o mapa do andar do Badaró, um croqui meio malfeito do primeiro andar do apartamento, o chaveiro. Seu Venceslau não gostou de ver o chaveiro.

— A moça tá pensando o quê? Que tá tratando com amador? (grita para o dono do bar, ao fundo) A madama trouxe chaveiro!

Os dois riem. Mas ele pega o chaveiro.

— Vá que dá merda... Deixa eu ver as fotos.

Naretta estendeu as últimas fotos do Badaró. Já magro, abatido, triste.

— É esse magrela aí. Deve chegar no hotel entre oito e nove da manhã. E se tiver alguma mala — é provável que tenha — quero a mala, também.

— Mas aí já é outro serviço, madame.

— Eu pago! Tem que parecer suicídio, entendeu? Suicídio!!!

— Sei como é!...

Elyza tentava explicar para o irmão a coincidência da médica se chamar Anna Mary. Anna com dois enes. O

Gatão havia assistido *Notting Hill*, mas não entendia a relação. *My Fair Lady* então, nem pensar.

Gatão estava mais preocupado em falar da prisão de Tereza e James. Elyza, ainda um pouco sonolenta, teve uma certa dificuldade para entender que a Miriam e a Tereza eram duas. Foi quando caiu a ficha do testamento a favor da Miriam. Ou seria da Tereza?

— Isso agora não importa. Com o bebê, fica tudo para ele. Isso se você morresse. O que não é o caso. Primeiro, num caso de herança, vêem-se os parentes para baixo ou para cima. Pais, avós, filhos, netos. Depois laterais. Irmãos, primos. Mas nada vale mais agora.

Elyza olha bem para ele.

— Mano, você está muito por dentro desse negócio de herança... Andou investigando se ia sobrar pra você, é?

Ele ficou sem jeito. Tinha. Muda de assunto.

— Você nunca soube que a Miriam e a Tereza eram gêmeas?

— Não desconversa, não.

Pra sorte do Gatão, chegou a doutora Anna Mary dizendo que ia dar alta. Mas que a polícia ainda precisava falar com os dois.

Trinta reais foi o suficiente para fazer o bolso do porteiro.

— Não gosto daquela puta. Desculpa, minha senhora. Desculpe, doutor. Mas o senhor não sabe a gritaria que acontece lá dentro e que quando...

O padre Orlandi cortou:

— É mais informação do que eu preciso.

Subindo. Cláudia:

— Mãe, nada de detonar, nada. Só quero ficar lá sentadinha esperando os dois voltarem. Quero ver a cara do Alcides.

O padre Orlandi estava preocupado.

— Isso não está certo. Não é porque eles erraram, porque eles estão em pecado, que nós devemos agir da mesma maneira. Vamos voltar e esperar lá embaixo. Pense um pouco, dona Blanche. O Carlos Alcides não merece isso.

— Ora, faça-me o favor, padre Orlandi! Faça-me o favor! O senhor então veio por quê?

— Para evitar a violência e o descalabro.

— Pois então o senhor fique aqui de fora. Mete a chave aí, minha filha. Não ficará pedra sobre pedra!

— Mamãe!

O padre Orlandi colocou-se diante da porta, fechando a passagem com a cadeira e abrindo os braços.

— Primeiro entro eu. Quero ver como está o ambiente. Se está familiar. Vocês hão de convir... Me passa a chave, Cláudia.

— Lurdes!

— Quê?

Na redação, na sala do Dragão, Capella conta para o diretor de redação o que ele ainda não sabia.

— Organização. Tudo pelo controle da prostituição de luxo. O negócio começou a render muito dinheiro. Com a Internet, a coisa ficou milionária. Não são apenas os dez milhões da herança do Badaró que estão em jogo. É quase uma máfia funcionando em São Paulo. A morte do Takashi é apenas mais um arquivo morto. A Naretta foi para Cuba. Ela é que é a cabeça depois da morte do Badaró. Cuba! Você sabe que lá a prostituição está de vento em popa, não é? Não duvido nem um pouco que ela já não tenha ido para lá pensando nisto. A coisa é muito maior do que nós estamos sabendo. E eu não quero fazer uma matéria pequena sobre o suicídio entre aspas do Takashi. Quero pegar tudo. Sabe quantas pessoas eu sei que já morreram?: Diana, Badaró, Takashi. E tentaram matar mais uma em Paris.

O Dragão estava em pé, recostado na porta, de costas para o Capella, olhando para a redação.

— E aquela gatinha? Você não tem vergonha não, Cidão? Na sua idade?

— Aquela é a peça-chave de tudo isso. Não posso largar dela. A Organização está de olho nela.

— Que Organização, Capella? Que Organização?

— Você vai saber. Pára de olhar para a menina e me olha. Manda um foca fazer a matéria do Takashi. Deixa o grosso comigo. Me dá uma semana.

Dragão resolveu arriscar, depois de olhar nos olhos de Capella.

— Três dias e não se fala mais nisso. E essa caixa de sapato, aí?

— Vale esse, Dragão! Vale esse!

Na sala de desembarque do Aeroporto de Cumbica, na fila das malas, Badaró se encontra com Miriam. Caem na risada. Os dois estavam chegando de Paris. Cada um por uma companhia.

Não precisou 15 minutos de conversa para os dois saberem que corriam perigo aqui no Brasil. Principalmente quando o Badaró soube — e não queria acreditar — que eram duas as Mirians.

— Quer dizer que quando eu tive um caso foi...

— Com a Tereza... Comigo só o social. Era assim que a gente trabalhava. A bela e a fera.

— Quer dizer que com você...

— Nunca, meu querido.

— Você está gozando com a minha cara.

Enquanto Badaró ia conversando — já estavam esperando as malas há 40 minutos —, ia pensando. E propôs, depois que soube de todo o intricado problema:

— Eles vêm em cima de mim e de você. A Naretta quer me levar ao suicídio, entende? Agora ela não vai mais parar. Primeiro eu, depois a Elyza. Depois vão em cima de você. Até tudo ficar nas mãos da Tereza. Simples, minha cara Watson. A Naretta e a Tereza, entende? Você nunca percebeu?

— Me explica isso melhor.

— Depois. Deve ter um carro me esperando. Carro da firma, dos anjos. Vamos sair pelo andar de cima. Acho melhor a gente ficar junto. Vamos deixar o carro esperando aqui embaixo.

— Você acha mesmo?

— Você vai precisar de mim. E eu, de você. E muito.

— Tudo bem, mas vamos jogar claro?

Frau Cyrene gritava com o irmão que fazia a barba.

— Some, está me entendendo? Eu podia esperar tudo de você. Tudo! Menos que roubasse os meus cabelos e as minhas perucas já prontas e saísse vendendo por aí. Me dá a chave aqui e nunca mais me apareça! Quero que você morra!

Ele continuava a fazer a barba, calmo.

— Não precisa ficar nervosa. Eu vou embora, sapatão! Eu vou embora. Depois mando buscar as minhas coisas. Nunca vou me esquecer disso, viu? Você não tem dó de mim, não?

Ela vai até a porta e abre:

— Quero que você se foda!

— Se eu roubei os seus cabelos, foi pra comprar remédio, sapata!

— É? E desde quando você injeta remédio nas veias da mão? Vai, vai, estou esperando.

Miss Teriosa pegou sua echarpe, enrolou no pescoço, num gesto teatral, arrotou na cara da irmã e foi na direção do elevador.

Na portaria um jovem bem vestido alugava um quarto. E subia pelo mesmo elevador que o indignado irmão da Frau Cyrene descia. Mas não se olharam. Não nesse momento.

No apartamento 49, Lauzinho, o filho do Venceslau Brás, de terno e gravata, estava estendido na cama. Com o controle remoto rodava os canais das oito e meia da manhã. Parou no Hotsex. Duas mulheres na tela mais pareciam fazer aeróbica do que sexo. A impressão que dava era que tinha um braço a mais por ali. Tirou o som da gemeção inglesa e colocou o silenciador na sua Mauser. Girou a arma no dedo indicador, como se faz nos filmes. Agora dava para ver melhor que eram apenas quatro braços. Mas tinha uma língua a mais. Lauzinho se levantou, foi ao frigobar tirar gelo. Tentou, porque não havia. Virou a garrafinha de Black Label. Fez careta, cuspiu no chão e voltou para as loiras.

No térreo, o travesti se sentou no hall. Não estava ainda convencido de ir embora. Pegou uma revista de um mês atrás e começou a folhear. Deu uma piscada para o garoto da portaria que parece não ter gostado nem um pouco daquilo.

O táxi com Badaró e Miriam entrou direto para o segundo subsolo. Os dois saíram do carro. Badaró pegou a sua mala. Pediu ao motorista que o esperasse. Vai com Miriam até o elevador.

— Você me espera aqui. Não vou passar nem pela portaria. Preciso pegar uns disquetes, uns papéis e outras roupas. Se eu não voltar em dez minutos, você sobe. Quarenta e um. Dez minutos.

— Você acha que eu tinha me esquecido, é? Quarenta e um, claro!

— Não saia daqui, tá bem?

— Estou com medo.

— Dez minutos. Não mais do que isso.

A única coisa que passava pela cabeça do padre Orlandi naquele momento era: como é que eu vou fazer para conseguir contar isso para alguém? E mais: ninguém vai acreditar.

Estava dentro do quarto da Tereza. Pensava na melhor maneira de descrever aquilo, futuramente: um circo, uma jaula, um presépio? Sim, tinha ali também uns ícones, umas reminiscências de uma ex-aluna de colégio de freira. O que havia de mais normal eram os chicotes. Vários deles, dezenas. De todo tipo. Algemas, cordas, arame farpado, máscaras, corpetes.

Abriu uma maletinha: pelos pênis que estavam lá dentro, dava para qualquer um se sentir um eunuco. Com a ponta do indicador ele ia revirando e olhando para os de baixo. De todas as cores e texturas. Alguns duplos. Ele entendeu.

Definitivamente a dona Blanche e a Cláudia não poderiam entrar. Ali tinha pecado contra uns três ou quatro mandamentos.

Ele até pensou em jogar uma água benta naquilo tudo, mas achou que seria uma heresia. Mas não pôde deixar de imaginar o seu ex-aluno Capella ali no meio daquilo tudo, algemado, preso pelos braços e pelas pernas na cama de aço. A moça descendo pelo trapézio, com aquele corpete vermelho. Ou ela viria com esse cor-de-rosa?

Fez o sinal-da-cruz e saiu. Excitado até a alma.

O Badaró sai do elevador e se dirige à sua porta. Ao colocar a chave, o atento Lauzinho interrompe a masturbação, fecha o zíper e vai para o olho mágico. Volta e pega a sua Mauser. Vê Badaró entrar. Vai sair quando escuta uma gritaria se aproximando. Frau Cyrene e Miss Teriosa, aos gritos, pelo corredor.

— Nem para o táxi, já disse! Nem para o táxi!

— Filha da puta!

— E não ofende a mamãe, que ela não teve culpa de ter gerado um anormal como você!

— Eu, anormal, queridinha? Eu? Olha só quem fala! Sapata velha, de sola furada! Enfia o seu dinheiro no cu!

Lauzinho recuou, na esperança que a briga familiar se acalmasse para que ele pudesse trabalhar. Voltou à cama e à tela.

O Badaró, que de dentro ouvira tudo, pensou até mesmo em colocar a cabeça para fora. Mas achou melhor não ser visto. Ligou o computador. Foi para o quarto procurar uns documentos.

Em Paris, no hospital, Elyza tinha alta. Hospitalar. Sim, porque a polícia pediu que ela não saísse da França até terminarem o inquérito policial sobre a tentativa de homicídio.

E soube mais: Tereza e James haviam confessado tudo. Mas ela ainda teria que testemunhar.

Monsieur Fabrice foi buscá-los na porta do hospital onde agora se despediam da doutora Anna Mary.

— Se for menina, vai ter o seu nome, doutora.

Anna Mary sorriu gostoso:

— Fico feliz.

Monsieur Fabrice quase teve um chilique com o choro de Elyza. Batia palmas dando uns pulinhos bem franceses.

— Em absoluto, dizia o padre Orlandi para as duas curiosas de Albuquerque. Em hipótese alguma! Entrar aí é seguir os caminhos de Dante pelos labirintos do inferno. A coisa é mesmo dantesca!

— Mas padre Orlandi...

— Vamos embora. Olha, dona Blanche, eu trouxe uma echarpe para a senhora. Cheia de pecados. Primeiro vou benzer.

— Que linda, padre. Mas só uma olhadinha. A gente nem entra no quarto. Só uma batidinha de olhos.

— Vamos embora. Vamos, as duas.

Cláudia:

— Mas vamos esperar lá embaixo!

— Vamos embora. O prédio todo é um pecado só. Vamos para longe daqui.

— Mas padre Orlandi...

— Não tem nem mais, nem menos! Marcha à ré, vamos.

Trancou a porta, fez o sinal-da-cruz três vezes, respirou fundo e empurrou as duas na direção do elevador.

Seu Braga, a muito custo, separou os dois irmãos e enfiou o travesti no elevador.

Sentou o Miss na portaria e foi buscar um copo de água com açúcar. O Miss arfava, resfolegava.

Lauzinho pôde terminar mais ou menos em paz a sua masturbação matinal. Carregou a arma.

Cinco andares acima, esperavam o telefonema de Lauzinho. Naretta olha no relógio. Faltavam 20 para as nove.

quinze

badaró: ouviu barulho na maçaneta da porta
capella: não tira a gravata, não tira a gravata

Foi por sorte, muita sorte que Capella e Miriam não se cruzaram com os três mosqueteiros que saíram pela porta da frente. Eles entraram pela garagem. A idéia dos dois era a Miriam pegar algumas roupas e os dois saírem da cidade até que as coisas se acalmassem para o lado dela. E dele, é claro.

Entraram no apartamento. Miriam foi para o quarto, falava sem parar, tensa, nervosa. Explicando a dependência dela com a irmã Tereza, falava da morte dos pais, da irmã forçar aquela dupla identidade. Mas falava tanto e tão rápido que o Capella ficava cada vez mais confuso, sem entender direito a explicação. Capella foi até a cozinha e colocou uma garrafa de champanhe na geladeira.

Voltou para o quarto. Miriam estava abaixada, pegando roupas na gaveta, Capella olhando para os seios dela.

Estava sem sutiã. Não conseguia mais ouvir as explicações todas. Ela falava da inacreditável virgindade. Capella se lembrou do Badaró que sempre falava em bicos cor-de-rosa. Estavam ali, perto. E ao seu alcance.

Deixou a Miriam arrumando as coisas no quarto, foi até a sala, pegou a garrafa de uísque e virou no gargalo mesmo. Chupou aquilo. Achando que, com um pouco de álcool, teria coragem para fazer uma coisa que nunca tinha feito na vida: trair a sua mulher.

Voltou para o quarto. Miriam falava das freiras, agora. No que ela se curvou um pouco mais, os seus seios quase saltaram para fora. Oferta. Capella enfiou, com uma certa delicadeza e ousadia nunca dantes navegada, as duas mãos dentro da blusa e apertou com jeito, na medida e no tempo certos. E caiu de joelhos. Ela só conseguiu dizer:

— Capella... Eu sou... Eu sou...

Mas a boca não conseguia dizer mais nada com a língua dele lá dentro. Capella abriu os braços num gesto rápido há tantos anos contido e a camiseta da Miriam explodiu no desejo.

Com muito esforço, pediu:

— Não tira a gravata! Não tira a gravata! Quero com a gravata!

Miss, no hall, esperando o copo de água. O porteiro não estava. Seu olho deu um zoom no escaninho do 41. A chave estava lá. E alguma correspondência. Girou a cabeça, olhou em volta. Papéis de banco. A chave. Miss sabia que o caçador de perucas estava na Europa. Era agora ou nunca.

Assoviando "It's Now or Never", pegou tudo e correu para o elevador.

E foi pela gravata que Capella foi puxado para o chão. E, ao puxar o corpo do velho jornalista para ela, e ao grudar seus seios no rosto do seu primeiro homem sentiu, ali, naquele momento, que valia a pena ter esperado. Sentiu que alguma coisa estava entrando dentro do seu corpo e da sua cabeça. E deixava. E sorria, enquanto Capella se guardava dentro dela. Dentro do corpo e da alma. O sangue que agora saía, lento, bonito, manchando o carpete branco, ainda herança da Tereza.

E, naquele momento em que a Miriam o puxava, descia com ele o corpo ainda firme, hirto, quase como se estivesse sorrindo e brincando, agradecendo o que o futuro estava lhe dando. Aqueles seios no seu rosto, a mão que descia e descobria um piercing no umbigo e descia mais, e ia descendo e um e outro dedo tateavam uma região úmida e ele encolhia a mão, esparramando o desejo úmido nas trêmulas coxas e nas asas do seu anjo. Desceu o rosto, mordeu os seios, ela deu um gritinho que não foi de dor, ele espremeu os seios dela, os corpos gingaram, os movimentos ficaram acelerados. Um golpe só, definitivo, doloroso, único.

Estavam ali o corpo do Capella e a cabeça da Miriam.

Um silêncio longo, infinito, depois. Um coçar de dedão no calcanhar dele, que acende um cigarro. Miriam, com a cabeça caída para o outro lado, passa o dedo numa gota de sangue e se abraça no Capella. E chora, feliz.

O Capella também chora. Chora uma vida inteira e pensa quase distante:

— Os romances policiais não têm apenas primeiro e último capítulos, não. No meio é que está a mensagem. O Badaró tinha razão: ele me deu a vida dele, o mundo dele.

Mesmo de costas, Miriam continuava com o dedão pelas pernas do Capella. E ele se arrepiava todo. Aos 63 anos, o Capella estava descobrindo, afinal, que o amor arrepia. Voltou ao mundo, quando ouviu a Miriam dizendo, enquanto se levantava:

— A champanhe já deve estar gelada.

Badaró volta para a sala, para o computador. Queria apagar algumas coisas, copiar outras. Olhou no relógio. Quinze para as nove da manhã.

Ouviu barulho na maçaneta da porta. Alguém estava tentando abri-la.

Badaró subiu para o andar de cima. Sentou-se no fim da escada, numa posição que podia ver lá embaixo, sem ser visto.

Miss entrou.

No 49, Lauzinho sondou pelo olho mágico. Ninguém. Colocou luvas cirúrgicas e com um paninho e um líquido, limpou a arma de todas as impressões digitais, de novo. Confirmou o silenciador.

Miss vê a mala de Badaró no meio da sala. Abre, tira roupas. Vai ao banheiro tomar um banho. Não tinha pressa o Miss.

Lauzinho está para sair, quando começa outro filme de sacanagem. Duas garotas de uniforme colegial conversam. Ele volta e senta-se na cama. Adorava colegial fazendo sacanagem.

Mais acima, Naretta olha novamente no relógio.

Cláudia e dona Blanche deixam o padre Orlandi no convento. Entram no carro. Dona Blanche:

— Tá pensando a mesma coisa que eu?

— Já estou indo.

— Imagina se eu vou perder aquele quarto. Vai menina, o sinal abriu pra nós.

No esforço para abrir a champanhe, nu e com a Miriam beijando as suas costas, ele perdeu o equilíbrio. Caiu com a cabeça na madeira da cama. E desmaiou.

Miss sai do banho, todo perfumado e já com roupas do Badaró. Dá uma geral na sala. Badaró, escondido, vendo. O computador está ligado. Estranho. Abre a correspondência bancária. Entra no site do banco. Olha o saldo no papel. Não pensa mais em nada.

A porta se abre num repente. Lauzinho entra com uma meia de mulher enfiada no rosto. Mãos com luva. Uma delas com a Mauser.

O Miss abre a boca, vendo a cena. Não acreditando no próprio destino. Lauzinho teve o trabalho apenas de enfiar o cano naquela escancarada boca e apertar o gatilho. A cabeça do Miss estourou jogando muito sangue na tela do banco. Lauzinho coloca o revólver na mão direita do Miss. Viu a mala aberta, pegou roupas.

E voltou para as suas colegiais. Entrou no banheiro, tomou um banho para tirar o sangue. Aproveitou, lavou suas roupas. Feliz da vida, debaixo da ducha ouviu uma das colegiais transando. Só sabia uma palavra em inglês: fuck. E isso ela também sabia. E gemia para ele se masturbar.

Miriam subia correndo, pela escada.

Badaró estava diante daquele morto vestido como ele. Seu pensamento foi tão rápido quanto o tiro. Fechou a sua mala e saiu com ela:

— Me matei.

Desceu para a garagem. Miriam não estava. Entrou no táxi:

— Aeroporto.

Lurdes, usando seu corpo, arrombou a porta do apartamento da Miriam.

Entraram as duas. Miriam, que estava se vestindo no quarto, correu para a sala. E, ao ver as duas ali, deu um grito imenso, alto.

— Ele está vivo — tentava se explicar a Miriam, nervosíssima, sapatos na mão.

Dona Blanche e Lurdes correram para o quarto.

— Chama o zelador!

— Chama o zelador, sua puta!

Badaró compra uma passagem na Pluna. Primeras Líneas Uruguayas de Navegación Aérea. Só de ida.

Naretta não quis entrar. De longe, ao lado de Tereza, via o corpo de Badaró no chão, com a arma na mão direita. E a luminosidade da tela do monitor encharcada de sangue. Takashi também não se aproximou muito.

Naretta para Tereza:

— Meu amor, pode pagar o Lauzinho. Bom trabalho. Profissa.

Tereza dá um beijinho rápido na boca de Naretta. Sai. Naretta pega o celular e disca 190. Takashi chama o zelador.

Quando o Capella acordou, no Einstein, havia apenas uma pessoa no seu quarto. O padre Orlandi.

Ficou uns três minutos olhando para o padre, sem falar nada. Recompondo na sua cabeça os últimos momentos de lucidez. O padre Orlandi também não dizia nada. Apenas balançava a cabeça negativamente, lentamente.

— Cagada, né?

— *Das grossans!!!*

— Cadê elas?

— Elas quem?

— Elas, porra! A Cláudia, a dona Blanche! A Miriam...

— Acho melhor esquecer a sua mulher e a sua sogra. A única pessoa que vem te visitar, além deste velho mestre é a Miriam. E devo te confessar que achei uma boa moça. Me contou toda a história dela nesses dias. Latim sem sotaque. Impressionante!

— Dias?

— Você ficou desacordado 8 dias. Quase morreu. UTI, tudo o que tinha direito.

— Puta que o pariu!

— Evite falar. Vou chamar o médico. *Amores vulnus idem sanat, qui facit.*

Capella repetiu baixinho:

— A ferida do amor, só pode curá-la quem a fez.

Em Cuba, na ilha de Cayo Largo, Naretta passava óleo de bronzear em seu corpo. Estava esperando uns cubanos. Começava a fazer negócios em Havana. Com prostitutas, é claro.

Tinha um encontro marcado com Fidel. Ia propor um site, *sin embargo...*

Miriam chega no 41, vê a cena, olha para a Naretta, dá um grito imenso, alto. Badaró estava morto. Havia se suicidado.

— Você está sentada?

— Quem é? Não brinca comigo. Conheço essa voz. Pelo amor de Deus!

— Calma, meu amor, calma. Não pude ligar antes, não podia.

Elyza passou o telefone para o irmão:

— Eu estou ficando louca. Olha só isso.

Gatão pegou o telefone:

— Alô?

— Gatão? Badaró.

Gatão ficou olhando para a Elyza. Os dois não sabiam o que falar. Gatão desligou o aparelho.

Que brincadeira era aquela?

— A voz era idêntica...

— Mas você não foi no enterro dele?

— Não fui, mas soube que o caixão estava fechado. Que a cara dele...

Toca o telefone:

— Então me fala como é o nome da personagem do *My Fair Lady*! Quero ver.

— Aqui mister Higgins falando, ao vivo. Ao vivo!

— Professor Higgins!

— My Fair Lady! Julia Roberts!

Começa a chorar. Gatão foi ouvir as explicações de Badaró.

Ali na esquina da Cardeal Arcoverde com a Mateus Grou, num escritório espremido, se estabeleceram Lurdes de Fátima e dona Blanche. Sigilo absoluto.

Elyza teve uma menina: Anna Mary.

Miriam está grávida de seis meses. Neste momento discute com Capella. Não quer, de jeito nenhum, que o menino que vai nascer se chame Ozanan!

Badaró e Capella estão agora no Bar do Zé, esquina onde a Maria Antonia cruza a Doutor Vilanova.

Comem sanduíche de mortadela, bebem cerveja gelada, muito gelada. Estalam a língua.

— Albuquerque.

— A zona.

— Gonorréia.

— As putas.

— Lembra da Véia Izabé? Primeira xota que eu vi.

— O Bar do Raco.

— Os pastéis.

— As meninas que deixavam. As que não deixavam.

— Casablanca, My Fair Lady.

— As putas. Os anjos de Badaró.

— Dá um livro.

— Dá um filme.

— O Maior Espetáculo da Terra.

— Gina Lolobrígida. Brigitte Bardot. E Deus Criou a Mulher.

— Humphrey Bogart.

— James Dean.

— James Lins.

— E o James Lins? Como será que ele está se dando na prisão, lá em Paris?

— Devem estar comendo o cu dele. Coitado.

— Devem. Literalmente: coitado. Com espuma, vai.

— O quê?

— A cerveja. Com espuma.

— A vida é boa.

— É. Vidão, cara. Vidão. A gente não pode reclamar.

— Capella!..

— Badaró!..